–¿Algo como qué?
–Puede marearse, desmayarse, caerse...
Ella sacudió la cabeza.
–Estoy mucho mejor y no va a pasar nada de eso.
Dan le dio una toalla blanca.
–Tengo que estar seguro.
Ella no se movió y lo miró fijamente.
–Quizá me duche en otro momento.
Dan se apoyó en la pared y resopló.
–Por todos los santos, estoy haciéndole un favor. ¿De verdad piensa que quiero pasar la noche delante de una cortina de baño?
Ella se encogió de hombros y apretó la toalla y la ropa contra el pecho. Tenía buenos motivos para sentirse recelosa. No sabía quién era él ni quién era ella.
A pesar de que ella hacía que le ardieran las entrañas, él no era un imbécil. No iba a aprovecharse de una mujer desnuda, con una lesión en la cabeza y sin memoria.
Salvo que ella se lo pidiera, claro.
–Mire, princesa, la cortina es opaca. No voy a ver nada, ¿de acuerdo?
Se quedó rígida al oír aquellas palabras.
–¿Por qué me ha llamado eso? –preguntó con los dientes apretados como tenazas.
Él se quedó completamente desconcertado por la reacción inesperada.
–¿Cómo? ¿Por qué le he llamado princesa? No lo sé. Parece...
Lo miró implacablemente a los ojos.
–Nunca me llame eso.
–¿Por qué?
–No... no me acuerdo, pero no me gusta.
Se notaba la firmeza en el tono de voz incluso por encima del sonido del agua contra la porcelana de la bañera.
–Muy bien, pero tengo que llamarle algo.

Ella se calmó un poco mientras pensaba.

–¿Qué tal Beatrice?

Dan frunció el ceño.

–¿Beatrice? ¿De dónde ha salido eso?

Ella se encogió de hombros.

–Es un nombre bastante bonito y no se parece nada a esa palabra que empieza por «p».

Dan renunció a insistir sobre el asunto de la princesa. Con un poco de suerte, al día siguiente ya no la llamaría de ninguna manera. Sin embargo, esa noche tenían que ser alguien y Beatrice no encajaba con ella. La verdad era que nada encajaba con ella. Era una mujer misteriosa. Pasaba de ser inocente a ser ardiente en cuestión de segundos.

–¿Qué tal Ángel?

Una leve sonrisa se dibujó en su rostro.

–¿Cree que soy un ángel?

La sonrisa le produjo una punzada en el estómago. La cerilla se frotó contra la superficie áspera y él perdió el control durante un instante.

–Creo que tiene el rostro de un ángel. No sé cómo es el resto... –la miró de arriba abajo–. Todavía –añadió su boca traicionera.

¿Qué demonios estaba haciendo jugando con ella de esa manera? Era un juego que habría terminado antes de que hubiese tenido la oportunidad de empezarlo.

La respuesta era sencilla: no estaba pensando.

Vio que ella separaba los labios y esperó que lo reprendiera con su delicado acento y que le dijera que se fuera al infierno.

Pero no lo hizo. Se lamió el labio inferior, lenta y seductoramente y con una imprudencia absoluta.

Él abrió de golpe las cortinas de la ducha. El diminuto cuarto de baño se llenó de vapor.

–Adentro. Quítate la ropa Ángel. Es el momento de ponerte a remojo.

Capítulo Tres

El agua caliente le caía sobre los músculos doloridos. Cerró los ojos e inclinó hacia atrás la cabeza para que el agua le limpiara las heridas y el espíritu. El olor a limón le brotaba del pelo y el jabón se deslizaba por la espalda, el trasero, los muslos y las pantorrillas.

Toda la angustia se perdía por el sumidero con las burbujas y la suciedad el día.

–¿Qué tal va todo?

El pulso se le aceleró con la brusca pregunta.

No podía relajarse.

Dan hacía guardia al otro lado de la cortina, el contorno de su cuerpo excepcional estaba a unos milímetros de su cuerpo desnudo. Un cuerpo y una cara que ella casi no había reconocido cuando los había mirado en el espejo. Toda la situación era tan extraña que la estremecía. Desde el lienzo en blanco que era su mente, hasta la excitación que sentía cuando estaba cerca de su salvador.

Sin embargo, no había ningún motivo. Iba a quedarse esa noche en la cabaña, sentiría un deseo abrumador e intentaría por todos los medios no perder la cabeza.

En realidad, el primer paso lo había dado sin contratiempos. Antes de quitarse la ropa para meterse en la ducha, había echado fuera a Dan. Una vez detrás de la cortina azul, lo llamó para que entrara según lo acordado.

Habían tenido que llegar a un acuerdo. Aquel

hombre era increíblemente terco, protector, arrogante, atractivo y...

–¿Ángel?

El nombre cariñoso le recorrió el cuerpo como si fuera el paño de algodón que tenía en la mano.

–¿Sí?

–Te he preguntado qué tal va todo.

–Todo va bien. Muy bien. Gracias. No pasa nada. No tengo ningún problema.

Salvo que divagaba como una idiota.

–¿Estás segura de que no necesitas ninguna ayuda?

–Completamente. Excepto...

–Excepto, ¿qué?

–Bueno, el jabón...

–¿No te gusta?

–Es que no hay.

–Ah. Perdona. Debí de terminarlo esta mañana.

–Puedo usar el champú...

–No, no. Te daré una pastilla.

Entre el chorro de agua, oyó que abría un armario y que rasgaba un envoltorio de papel. Antes de que pudiera, pensar, parpadear o decir algo, la mano de Dan apareció por un costado de la cortina.

–Toma.

–Gracias –farfulló ella, pero no tomó el jabón de la mano, en realidad, no se movió.

Se encontraba increíblemente expuesta mientras miraba aquella mano con dedos largos y finos alrededor de una pastilla de jabón. Sintió un estremecimiento que le nació en el estómago y que fue bajando a medida que se imaginaba esa mano alrededor de otras cosas... alrededor de ella, de su cara, de su cadera, de su pecho.

–Tiene un aroma masculino, pero también limpia.

Ella se aclaró la garganta.

–Seguro que sí.

Solo tenía que agarrar la dichosa pastilla. ¿Qué le pasaba? ¿Se le habría desencadenado algún aspecto lujurioso que no conocía al caerse y golpearse la cabeza? Desde luego, jamás había tenido pensamientos como aquellos.

–¿No vas a agarrarlo, Ángel?

Alargó una mano temblorosa. Rodeó la mano de Dan con sus dedos y se hizo con el jabón.

Lo delicado y mojado entró en contacto con lo seco y áspero.

Se le entrecortó la respiración. Mantuvo un instante los dedos.

Él hizo lo mismo.

–¿Ángel?

Ella retiró la mano. Se le resbaló el jabón que cayó con un golpe sordo. Lo miró incapaz de acercarse a él.

–Casi he terminado. Solo me queda aclararme. Puedes irte. De verdad. Puedo vestirme sola.

Dan no dijo nada durante un instante.

–¿Seguro?

–Completamente. Vete, por favor –añadió con un tono excesivamente firme–. Solo tardaré un momento en vestirme y salir.

–De acuerdo. Ten cuidado al salir. Está resbaladizo.

Cuando Dan hubo salido, ella agarró la maldita pastilla de jabón, se apoyó en la pared e intentó recuperar la entereza. El vapor se movía alrededor de ella como si fuera un ser vivo.

Un recuerdo le brotó repentinamente en la cabeza. Había estado allí o en algún sitio parecido. Ya había estado rodeada de una neblina blanca.

Intentó recordar algo más de aquella sensación, pero la visión se evaporó y se quedó sola con los recuerdos más inmediatos, con los que le ponían la piel de gallina por la excitación que no reconocía pero que estaba tentada de explorar.

Se quedó debajo del chorro de agua con la esperanza de librarse de esos pensamientos y sensaciones, pero se sintió perdida en cuanto se pasó la pastilla de jabón por la piel.

Hacía unos segundos había estado en la mano de él.

No era nada especial, pero sería suficiente.

Dan echó unos espaguetis de lata en dos cuencos, puso unas rebanadas de pan con mantequilla en una fuente y llevó todo a la mesa. No era un cocinero. Ya tenía bastante con su trabajo.

–¿Puedo hacer algo?

Dan se volvió hacia la delicada oferta y observó a la mujer de mejillas sonrosadas y pelo mojado que salía del cuarto de baño.

–No. Todo está preparado.

Ella llevaba la ropa que él le había dado. Era una ropa grande e informe, pero no evitó que se le disparara la imaginación. Como había ocurrido mientras ella se duchaba.

Se había quedado al otro lado de la cortina intentando no pensar y que no le reventara la cremallera del pantalón. Haciendo todo lo posible para no abrir la cortina y entrar con ella. Allí estaba ella con la camiseta y el pantalón gris de felpa; con la piel, los muslos, las rodillas y los pechos rozando la tela de algodón.

Dan hizo un esfuerzo por dominarse, por volver a ser el implacable representante de la ley que siempre había sido. Quizá los compañeros de la oficina estuvieran gastándole una broma. Quizá sus superiores le hubieran enviado a esa criatura irresistible para volverlo loco, para que se derrumbara, para que reconociera que se había equivocado al golpear a quien mató a su novia.

–Todo tiene un aspecto estupendo –comentó ella mientras miraba la mesa.

Y tanto... pensó él.

–¿Te sienta bien la ropa?

Ella se levantó la camiseta lo suficiente como para mostrar la tirilla del pantalón y unos maravillosos centímetros de su vientre plano.

–Los pantalones me quedan grandes. Tengo que sujetármelos con una mano, pero no importa.

Dan sintió que las ingles le ardían. Fue a la cocina, revolvió en un cajón, agarró un trozo de cuerda y volvió.

–Vuelve a levantarte la camiseta.

–¿Por qué?

–Hazlo.

Con cuidado, ella hizo lo que le ordenaba. Le ató la cuerda a la cintura en un segundo.

–Ya está.

Ella lo miró con una sonrisa tímida.

–Mucho mejor. Gracias.

Él tendría que haber salido corriendo al monte, pero no lo hizo. Se quedó allí, la miró a los ojos y deseó estrecharla contra él, besarla, paladear su lengua...

Se pasó la mano por el mentón.

Hacía mucho tiempo que no estaba tan cerca de una mujer y sintió una atracción tan grande que casi lo tumba.

Haber estado con alguien durante los cuatro años pasados, incluso sexualmente, le habría parecido demasiado fácil e inmerecido. Aunque pareciera masoquista, sentía la necesidad de castigarse constantemente y para siempre. Al cabo de un tiempo, se había olvidado de desear.

Hasta que aquella tentadora de ojos color violeta se había cruzado en su camino, se había lastimado y había caído entre sus sábanas. Afortunadamente, solo se quedaría una noche.

Le acercó una silla.

–Siéntate.

Se sentó de espaldas a la chimenea con el pelo mojado resplandeciendo por las llamas.

–Si no te lo he dicho ya, te agradezco mucho todo lo que has hecho. Estoy segura de que te he causado muchas molestias y me marcharé en cuanto consideres que puedo viajar.

–No es ninguna molestia.

Aquello era una mentira como la copa de un pino.

–Pero es un incordio. ¿Estás de vacaciones?

–No.

–Ah, ¿pasas aquí todo el año?

–No.

–Entonces, ¿qué haces aquí?

Dan levantó la mirada y la vio enrollar los espaguetis.

–¿Sabes que haces muchas preguntas para no tener memoria?

Dejó de enrollar los espaguetis y frunció la frente.

–¿Tienes algún problema con la ley?

Dan entrecerró los ojos.

–¿Por qué lo preguntas?

–Recelas mucho de mí. Yo no creo que sea una delincuente.

Él tampoco lo creía, pero después de cinco años como policía y diez de sheriff, recelaba de todo el mundo. Sobre todo de quienes lo atraían. Eran los que más problemas le podían causar.

–Quizá haga tantas preguntas porque sienta impotencia. No tengo memoria ni efectos personales ni identificación. Quizá haga preguntas porque creo que si me entero de cosas del pasado de otro puedo despertar los recuerdos de mí misma.

–¿Lo crees de verdad?

–Sí.

Dan dejó el tenedor en el plato y se apoyó en el respaldo de la silla.

–Yo no tengo pasado.

Ella levantó la mirada y lo miró fijamente.

–¿Qué quieres decir?

–Quiero decir, Ángel, que no quiero hablar de ello.

Desgranó las palabras con una contrariedad creciente.

–Parece bastante desalentador. Quizá te sintieras mejor si lo hicieras.

–No lo creo.

–Podemos intentarlo y...

–¿Sabes cómo me siento? –la interrumpió.

–Cómo...

–Cansado.

Se levantó bruscamente, llevó el cuenco a la cocina y lo tiró al fregadero con gran placer por el ruido que hizo al romperse.

Naturalmente, le debía cuidado y protección a aquella mujer, pero su vida personal no era de su incumbencia.

–Puedes acostarte en mi cama. Yo dormiré en el sofá.

–El sofá es muy pequeño. Me espantaría que estuvieras tan incómodo.

Dan sintió una punzada de deseo. Estaba volviéndolo loco con tantas preguntas y buena educación. Se dio la vuelta.

–Podemos compartir la cama.

Ella le aguantó la mirada un instante y luego la bajó al plato.

–No, no –se le sonrojaron las mejillas–. No quería decir... eres muy generoso al ofrecerme la cama.

Dan resopló.

–Mañana iremos al pueblo y veremos al médico.

–De acuerdo –asintió ella mientras comía un poco de pasta.

El médico le libraría de ella y todo volvería a ser como siempre. Volvería a pescar, a decir palabrotas y a intentar olvidarse del pasado. Podría volver a comer en paz sin pensar en dónde estaría el jabón que tenía una preciosa mujer de ojos color violeta.

En aquel instante, la preciosa mujer de ojos color violeta se levantó y empezó a recoger la mesa.

–¿Sabes una cosa, Dan? Eres muy buen cocinero. ¿La salsa de tomate tenía tomillo fresco?

Aquella mujer tenía que ser una diplomática o algo parecido.

–Tendrás que preguntárselo al chef Boyardee.

–¿Tienes un chef?

Dan se quedó perplejo y luego dejó escapar una franca carcajada de sus pulmones polvorientos. Sacudió la cabeza apoyado en el fregadero.

–¡Caray! Sí que has perdido la memoria. La pasta es de bote.

–Y el chef también...

Dan asintió con la cabeza.

Ella sonrió de oreja a oreja.

Dan le tomó los platos y los dejó suavemente en el fregadero. Lo había desarmado con esa sonrisa y su naturalidad. Era extraordinario.

También era preocupante. Si en un día era capaz de hacerlo sonreír una docena de veces y también de reír, ella era un problema mayor del que se había imaginado.

–Tendrías que irte a la cama –le propuso Dan–. Tengo un caballo herido que necesita mi atención.

Ella asintió con la cabeza.

–¿Seguro que no puedo ayudarte?
–Seguro.
–Bueno, gracias otra vez por la cena.
–De nada.
–Espero sinceramente que por la mañana haya recuperado la memoria.
–Yo también –nunca había sido más sincero–. Deja la puerta entreabierta.
–De acuerdo. Buenas noches –se dio la vuelta con una de esas sonrisas irresistibles.
–Buenas noches, Ángel.
Dan fue por una cerveza y se tumbó en el sofá, su cama por esa noche. Los troncos crepitaban en la chimenea luchando para no apagarse. Él sabía lo que era aquella desesperación, aquel anhelo.
Había pasado cuatro años arrastrándose sin ganas de levantarse. Nunca había pensado que tendría las agallas.
Oyó que ella apartaba la colcha y que la cama se hundía bajo su peso.
Cuando estaba ella, sí tenía agallas. Cuando estaba ella, tenía la necesidad de levantarse.
Se bebió la cerveza y fue hacia la puerta.
Cuando estaba ella, tenía un anhelo nuevo, peligroso y exigente.

Capítulo Cuatro

Con los ojos cerrados y el cuerpo relajado, ella flotó en un mar poco profundo de luz cálida y arena delicada. Sin preocupaciones ni atenciones, solo paz.

Él se metió junto a ella, sonrió, le tomó la mano y le besó la palma. La miraba con aquellos ojos que la desarmaban y hacían que lo deseara. Las olas batían contra ellos y pasaban a su alrededor. Él le puso una ciruela bajo la nariz y luego una bandeja de plata con galletas recién hechas.

Ella inhaló profundamente y sonrió.

–Té, fruta... y galletas.

–Yo no hago té, Ángel.

Hizo un esfuerzo por abrir los ojos y le salió un gemido de lo más profundo de la garganta mientras hacía que los sueños volvieran a su ámbito. Lo primero que vio fue la luz de la mañana, amarilla y resplandeciente.

Luego lo vio a él.

Dan se elevaba sobre ella, recién duchado y mucho más atractivo de lo que un hombre podía ser vestido con unos vaqueros y una camiseta negra. Los ojos marrón oscuro reflejaban un aire burlón.

Recapacitó. Solo recordaba el día anterior; el accidente, la pérdida de la memoria, la ducha, el contacto de las manos, la cena, el sueño, haber dormido en la cama de ese hombre, su olor en las sábanas que se le enredaban entre las piernas. Sintió calor en la piel solo de pensarlo.

–Tampoco hago galletas –dijo Dan.

–¿Qué estaba diciendo? –le preguntó ella mientras se frotaba los ojos.

Dan arqueó una ceja.

–Me estabas pidiendo el desayuno.

–No es verdad.

–Me temo que sí lo es –replicó él con un gesto de picardía en los labios.

Si estaba pidiéndole el desayuno, ¿qué más habría dicho? ¿Desde cuándo llevaba él allí?

–Evidentemente, estaba soñando.

Él se encogió de hombros con cierta indeferencia.

–A lo mejor estabas recordando.

–No lo creo...

–Quizá estuvieras recordando que tienes una doncella o algo así.

–Eso es absurdo.

Sin embargo, tampoco le había parecido raro. Miró al techo con vigas de madera y deseó poder recordar algo; su comida favorita, el nombre de sus padres... un novio.

Dan se encogió de hombros pensativamente.

–Una doncella, ese acento, esos modales ostentosos... Sin embargo, eres muy abierta y sincera. Creo que no vives en Estados Unidos.

–No lo sé –la impotencia era como un muro de ladrillos en su cabeza.

–Pero viajas sola por las montañas. ¿Por qué harías algo así?

Aunque se le había pasado el dolor de cabeza, todavía notaba el chichón encima de la ceja.

–¿Te importa se dejamos ese asunto un rato? Por lo menos, hasta después del desayuno.

–De acuerdo, pero no hay té y galletas.

Ella retiró las sábanas y se sentó en el borde de la cama.

–No importa. Me haré algo. También te lo haré a ti si no te lo has hecho.

–No, la verdad es que no me he hecho nada.

–Perfecto.

Dan entrecerró los ojos con escepticismo.

–¿Sabes cocinar?

Ella se levantó y lo miró con orgullo.

–Claro que sé.

¿Sabía cocinar? No tenía la respuesta ni notaba ninguna atracción por la cocina, además, tampoco recordaba cómo se llamaban ni para qué servían los utensilios de cocina.

En cualquier caso, pronto sabría si tenía algún talento culinario.

–¿Qué tienes en la cocina? –preguntó ella mientras se estiraba–. Ya hemos hablado del té y las galletas. ¿Tienes huevos, beicon...?

–Antes de todo, dime que tal te encuentras esta mañana.

Ella se tocó el chichón.

–Me duele un poco, pero, aparte, me siento perfectamente.

–Perfectamente, ¿eh?

–Sí. ¿No crees que tengo mejor aspecto?

Él la miró de arriba abajo como respuesta. Seguía llevando la misma ropa informe, pero a ella le pareció como si no llevara nada. Curiosamente, la sensación no le produjo aprensión, sino que sintió un placer que le recorría las venas. Un placer desconocido, pero maravilloso.

–¿Vamos a ir hoy al pueblo? –le preguntó ella.

–No lo creo. Anoche estuve repasando mi viejo manual de primeros auxilios y dice que tienes que permanecer relativamente inactiva durante cuarenta y ocho horas. Es un camino largo para hacerlo andando.

–Sé montar a caballo –le propuso ella.

Él sacudió la cabeza.

–Solo tengo un caballo y está lesionado.

–Entonces, ¿iremos mañana?

–Sí, mañana.

Dan estaba apoyado en la pared a casi dos metros. Alto, arrebatadoramente atractivo y con unos ojos que ocultaban una historia de sufrimiento y recelo. En ese momento, ella solo quería arrojarse en sus brazos y que la abrazara como ella lo abrazaría a él. Ella no había conocido una atracción tan fuerte por un hombre. Le gustaba a pesar de la forma tan cortante de hablar que tenía, sentía cierta afinidad con él. Los dos habían olvidado sus pasados; uno por voluntad propia, la otra, no.

Parecía como si se calentara el aire entre los dos y chisporroteara con una alarmante descarga de electricidad. A Dan se le tensó la mandíbula.

–Voy fuera a cortar algo de leña. Me parece que esta noche va a hacer frío.

Evidentemente, esa noche solo se calentarían con un fuego.

–Entonces, yo iré a la cocina a preparar algo maravilloso.

Dan fue hacia la puerta.

–Hay un extintor junto a la puerta de la calle.

–Muy gracioso.

No había llamas cuando Dan volvió con la leña, pero había una buena humareda.

Una nube oscura salía por la ventana de la cocina acompañada por el sonido de toses. Dan, sin perder un instante en ponerse la camisa, tiró los troncos y fue corriendo a la cabaña.

Ella estaba delante de los fogones intentando apartar el humo de dos sartenes.

Tardó un segundo en llegar junto a ella.

–¿Qué ha pasado?

Ella lo miró por encima del hombro y frunció el ceño.

–Vas a alegrarte.

–¿Qué quieres decir?

–Tenías razón –sacudió la cabeza–. Creo que no sé cocinar.

Se volvió y lo miró con aquellos ojos violetas. Daba tanta lástima que él no pudo evitar reírse.

–¿De qué te ríes? –preguntó ella mientras se volvía para señalar las sartenes–. Mira los huevos. Están calcinados como las cenizas de la chimenea. Y mira esto.

Dan miró por encima del hombro de ella y vio unas tiras humeantes de algo carbonizado.

–¿Qué era eso?

–Beicon.

–¿Lo dices en serio?

–¡Claro que lo digo en serio!

–Bueno, tampoco tiene tan mala pinta –mintió Dan.

–¿De verdad? –se volvió para mirarlo con un brillo de esperanza en los ojos.

–De verdad.

–¿Lo probarías?

Eso le pasaba por ser amable. Le recordaba a una vez que Josh, uno de sus hermanastros, le había suplicado que probara un taco en un restaurante mugriento. A Josh le encantaba aquel sitio y podía comer allí todos los días. Él le había ofrecido canicas y todo tipo de contraofertas, pero Josh era un negociador implacable.

En cualquier caso, Dan, con siete años, se convirtió en el catador de su hermanastro. El taco de carne hizo que pasara tres días enteros sentado en el trono de porcelana.

Sin embargo, aquello había sido una comida en

mal estado. La de Ángel solo estaba achicharrada. Si había sobrevivido después de pasar diecisiete horas en una furgoneta con Ron Hunnicut mientras esperaban a un fugitivo, aquello tenía que ser pan comido.

Agarró un tenedor, pinchó un poco de lo que habían sido unos huevos y lo probó.

–No está mal, Ángel.

Sin embargo, ella no era tan tonta. Se le empañaron los ojos.

–Lo siento. Perdóname. Voy fuera a tomar un poco de aire.

–Ángel...

Ella no respondió. Ya estaba fuera.

–Espera un segundo.

Ella, con los hombros muy rectos, caminó más deprisa por el sendero lleno de pinocha que se quebraba bajo sus pies. La alcanzó junto a un pino enorme.

–Para –lo dijo con un tono firme de policía.

Ella se paró y se dio la vuelta con las mejillas llenas de lágrimas.

–¿Para qué?

A Dan se le encogió el corazón al verla sufriendo con las mejillas sonrojadas y los puños cerrados en los costados.

Hacía tiempo que no veía llorar a una mujer, a no ser que fuera a alguna delincuente toxicómana que necesitaba ayuda.

Incluso de niño vio pocas lágrimas. Las lágrimas no estaban permitidas en la casa de acogida. Si querías llorar, tenías que hacerlo de noche, en la cama y en silencio.

Alargó la mano y le secó dos lágrimas del labio superior.

–Los huevos no tienen ninguna importancia, Ángel.

–Para mí sí la tienen.
–Todo el mundo mete la pata alguna vez.
–¿Tú también?
–Todo el rato.
Ella bajó la mirada.
–No es solo por el desayuno.
Dan se acercó más y le levantó la barbilla con un dedo para que lo mirara a los ojos.
–Entonces, ¿por qué es?
–Es por mi memoria. Estoy muy asustada, Dan.
–Lo entiendo perfectamente.
–En estos momentos, el mundo me parece demasiado grande –la mirada le pedía comprensión, consuelo o una respuesta, o las tres cosas–. ¿Qué pasará si no recupero la memoria?
–Ven, Ángel.
Dejó a un lado la sensatez, la abrazó y aspiró su aroma dulce y limpio. Nunca había sido dado a apaciguar a los demás, pero ella lo necesitaba.
Ella apoyó la cabeza en su pecho y suspiró por las caricias que le hacía en la espalda. El no quería que ella hiciera esos ruidos y quería avisarla de que no se estrechara tanto contra él. Sin embargo, prometió una tontería.
–Sabremos quién eres. No voy a permitir que te pase nada.
Ella levantó la mirada con los ojos muy abiertos.
–¿Lo prometes?
Dan sintió como si el pecho fuera a reventarle. No quería deber nada a nadie. No quería ser responsable de nadie.
Una promesa. ¿Acaso sabía lo que estaba pidiéndole?
Claro que no lo sabía.
Ella tenía una mirada de esperanza y los labios separados y Dan reprimió el anhelo que lo acuciaba. Anhelaba besarla, estaba casi dispuesto a

convencerse de que lo hacía por consolarla, lo que fuera... Nunca en su vida había deseado tanto una cosa.

Bajó la cabeza y la detuvo con la boca casi rozando la de ella. El anhelo se debatía con los demonios del pasado.

Si iba a ayudarla y a protegerla, no podía ni pensar en el contacto físico. Era imposible.

Ella sacó la lengua y se humedeció el labio inferior.

Él la miró con el cuerpo en tensión.

Ella levantó la cara. Era una invitación al paraíso.

Él la atrajo contra su pecho.

–Te lo prometo –dijo contra su pelo.

El reloj de pared del establo había dado las nueve de la noche, pero la intimidad del día todavía les duraba.

Ángel lo notaba en cómo la miraba Dan mientras ella trabajaba en el establo, en el silencio revelador de la cena, en el calor que sentía cuando él estaba cerca.

En su cabeza flotaba el único recuerdo que podía formar. Aquel momento debajo de un magnífico pino bañado por el sol, cuando Dan la había abrazado con la boca a punto de besarla, pero no lo había hecho.

No podía dejar de preguntarse por qué no lo había hecho. ¿Lo había impedido su pérdida de memoria o había sido otra cosa? ¿Sería ese dolor y deseo sin saciar que veía en sus ojos?

–Ese heno va en el pesebre.

Ángel se asustó y casi dejó caer el rastrillo junto a Rancon.

–Lo siento.

Dan señaló al caballo con la cabeza y con un brillo burlón en los ojos.

–No te disculpes conmigo.

Ella se volvió hacia el precioso animal y le sonrió.

–Lo siento mucho, Rancon.

El caballo dejó escapar un ligero relincho y levantó las orejas. Ángel le acercó la cena.

–Te perdona –dijo Dan mientras le daba una palmada en el flanco–. Por esta vez.

La sonrisa de ella se convirtió en risa.

–Me alegro mucho.

Dan cepilló el caballo y volvió a la cabaña con Ángel bajo un cielo tachonado de estrellas. El aire estaba frío y mientras él encendía el fuego de la chimenea, ella se preguntó si el fuego sería lo único que los calentaría esa noche.

Cuando volvió al cuarto de estar, Dan estaba preparando su cama en el sofá. Ella le dejó hacer sus cosas, aunque no era tan tarde, y ojeó la pequeña librería que había junto a la chimenea. Libros de misterio, algún libro infantil... De repente se detuvo. En el estante más alto había un libro bastante grueso con un papel amarillo que señalaba dónde se había quedado el lector. *Las uvas de la ira.*

Lo tomó y se volvió hacia Dan.

–¿Qué es esto?

Dan miró por encima de su hombro.

–Parece un libro.

–Ya sé que es un libro –dijo ella entre risas mientras se acercaba a él–. ¿Es tuyo?

Dan dejó las sábanas y la almohada y tomó el libro.

–Podría ser...

Ella se puso en jarras.

–¿Por qué nunca me das una respuesta concreta?

–¿Puedo decirte: porque no?
–No.
–¿Qué te parece: soy así?
–¿Eres así?
Dan se volvió.
–De acuerdo, ese libro es mío.
Siguió haciendo la cama.
La verdad era que no sabía cómo era él. La había rescatado, había cuidado de ella y le había dado de comer, pero ¿quién era él fuera de aquella cabaña? ¿Por qué no compartía esa parte de sí mismo con ella?
–Dan...
–Dime.
–¿Cómo sé yo que eres una buena persona y no una mala?
–No lo sabes.
–Tú tampoco lo sabes realmente, ¿verdad?
La miró por encima del hombro con los labios apretados y un brillo de cautela en los ojos.
–Me parece que he puesto demasiado vinagre en la ensalada.
La decisión de ella se debilitó un poco por la mirada, pero se mantuvo firme.
–No. Yo creo que has puesto la justa.
–¿No es hora de irte a la cama, Ángel?
Pasó junto a él y se sentó en el sofá.
–Todavía no.
–Estás sentada en mi cama.
–Ya lo sé –dio una palmada junto a ella con la esperanza de no parecer demasiado atrevida–. Podías leer un poco...
–¿Otra vez?
–Lee un poco. En voz alta.
–Ni hablar.
–Por favor, Dan.
–No.

–Necesito un poco de distracción esta noche.

Dan miró a aquellos estanques color violeta y frunció el ceño. ¡Una distracción! ¿Estaba tomándole el pelo? Estrujó la almohada que tenía en las manos. Si Ángel necesitaba algo así, él podía enseñarle otras formas de distraerse.

Sin embargo, no iba a dar lecciones a una mujer sin memoria, a una mujer que le desconcertaba de aquella manera.

Se dejó caer junto a ella y le arrebató el libro de las manos. Estaba claro que la lectura era una forma mucho más segura de darle una lección.

–Si le cuentas esto a alguien...

Ella sonrió.

–¿A quién iba a contárselo?

–Lo digo en serio.

–De acuerdo. Te lo prometo.

Como un lobo al acecho de un cordero, vio que ella se hacía una cruz primero en un pecho y luego en el otro. El deseo se adueñó de todos sus sentidos. ¿Qué sabor tendría su piel? ¿Cómo sería sentir el delicado peso de su pecho? ¿Qué sentiría al notar el pezón duro entre los dedos?

Pasó ese tormento y apartó la vista para abrir el libro.

–¿Por dónde vamos? –preguntó ella mientras se apoyaba en él.

–Capítulo cinco –farfulló Dan.

No había pasado ni media hora cuando notó que ella dejaba caer la cabeza sobre su hombro y que respiraba suave y uniformemente. Él agradeció la visión.

La tomó en brazos y la llevó al dormitorio. Apartó las sábanas, la dejó en la cama, la tapó y se sentó en la vieja mecedora.

La luz de la luna le bañaba la piel de porcelana, los largos mechones y la boca irresistible. El chichón estaba poniéndose morado, pero no le restaba belleza. Pensó que nada podría hacerlo.

Dan se apoyó en el respaldo y estiró las piernas cruzadas por los tobillos. La observaría un rato, hasta que estuviera seguro de que no iba a despertarse asustada por alguna visión del accidente. Al fin y al cabo, había prometido protegerla.

Sin embargo, se quedó dormido al cabo de unos minutos.

Capítulo Cinco

Ángel estaba en el porche preparándose para el paseo hasta el pueblo. A su derecha, el sol asomaba por encima de las montañas con un color amarillento con manchas completamente blancas. Dejó de ordenar la mochila para observar el nacimiento del día.

El chichón sobre la ceja ya era solo una pequeña dureza de la piel, pero era suficiente para hacerla pensar y preguntarse...

Cerró los ojos y durante ese breve instante vio otras montañas. No resplandecían por el sol sino que estaban cubiertas por una densa niebla. Notaba una conexión con aquella visión, pero de una forma melancólica, como si la hubiera vislumbrado miles de veces con una nostalgia no correspondida en su corazón.

Se sintió impresionada por la sensación que le evocaba la imagen. Tan impresionada que abrió bruscamente los ojos y el encantamiento se esfumó.

¿Qué había visto?

¿Sería su tierra? ¿Su sitio de vacaciones preferido? ¿Una imagen de la infancia?

¿Por qué había sentido esa nostalgia?

El sol iluminaba el paisaje a medida que ascendía hacia lo más alto y tan solo le inspiraba más preguntas.

Fueran de donde fueran las imágenes de las montañas entre la niebla y las sensaciones de soledad, ya sabía que la posibilidad de recuperar la memoria estaba a su alcance.

Ángel esperó que un brote de felicidad o alivio le recorriera todo el cuerpo, pero, ante su sorpresa, solo sintió una leve punzada de asombro.

Nada más.

Se estremeció. ¿Sería tan horrible su pasado que quería olvidarlo? Tragó saliva. ¿Acaso el presente la intrigaba y la emocionaba tanto que solo quería mirar hacia delante?

–Rancon ha comido y bebido lo suficiente para un día. ¿Preparada?

Ella se volvió y vio a «su presente» que salía por la puerta con la mochilla y la colchoneta para dormir colgando de la espalda. Miró a su protector de pies a cabeza. Era toscamente atractivo con las botas, los vaqueros, la camiseta y la camisa de franela azul. Dan sí que parecía preparado para cualquier cosa.

Bajó la mirada hasta el cinturón.

Incluso para el peligro.

Se acercó a él.

–¿Llevas una pistola en los pantalones o...?

–Por favor, no termines la frase –la interrumpió con una ceja arqueada.

–¿Por qué?

La miró y comprendió que hablaba en serio.

–Por nada –contestó irónicamente.

–¿Llevas una pistola, Dan? –volvió a preguntarle.

–Sí.

Ella notó un escalofrío de angustia.

–¿Crees que es necesaria para este viaje?

Algo oscuro pero claramente ardiente le cruzó el rostro.

–Para este viaje y para todos los viajes –se quitó la pistola del cinturón y la metió en la pistolera que llevaba colgada del hombro–. Ella va a todos lados conmigo.

–¿Ella? –preguntó Ángel sorprendida.

–Es rápida, suave y mortal –los ojos se le iluminaron de sensualidad–. Es evidentemente femenina.

Sintió que un ardor le bajaba del vientre. Vio mentalmente la mano que acariciaba el arma moviéndose sobre su piel y abrasándola de pasión.

Se abochornó por una reacción tan lasciva, pero consiguió esbozar una sonrisa.

–Me parece que me siento insultada.

Dan se rio.

–No tienes motivo. Era un halago. Sería tonto si no reconociera los poderes de una mujer.

–Una cosa son los poderes, pero tú has usado la palabra «mortal». Quizá te refieras a mortal para el corazón.

–Para la cabeza –le corrigió con los ojos clavados en los de ella–. Un hombre puede perder la cabeza por la mujer acertada o la equivocada, según se mire.

Una descarga eléctrica fue de uno al otro. La respiración de Ángel se aceleró y las rodillas le flaquearon al oler su aroma y, lo que era más temible, sus labios la reclamaban.

Si se movía, si alargaba la mano y lo tocaba, ¿cómo reaccionaría? ¿Se llevaría la mano a la pistola instintivamente o le permitiría explorar cada músculo, mechón de pelo y ángulo de los pómulos?

La brisa de verano suspiraba a su alrededor como un eco del anhelo abrumador que sentía dentro.

–¿Estás preparada, Ángel?

El ardor y el anhelo se desvanecieron ante el brusco contacto con la realidad. El corazón se le hundió un par de metros mientras asentía con la cabeza. Tampoco podía decirle que no estaba preparada para ir al pueblo a descubrir quién era. ¿Podía decirle que quería quedarse hasta que recuperara la memoria? ¿Podía decirle que cuando estaba con él se sentía protegida, intrigada y extrañamente viva y que no quería perder esas sensaciones tan maravillosas?

Con ojos sombríos vio a Dan que comprobaba las cremalleras y el peso de su mochila.

Naturalmente, no podía decirle nada de eso. Él había dejado muy claro que no quería compañía y menos la de un corderillo perdido y sin memoria.

Se mordió la lengua y permitió que Dan le colocara la mochila a la espalda. También intentó no estremecerse cuando notó el contacto de sus dedos sobre la piel.

–¿Pesa demasiado? –preguntó acariciándole la oreja con el aliento.

Ella sacudió la cabeza.

–En absoluto.

Durante el desayuno, él se había empeñado en llevar el noventa por ciento del peso. Ella había intentado convencerlo de que podía cargar con sus cosas, pero había sido inútil.

Dan era un solitario cabezota, peligroso y arrebatador hasta más no poder. Que Dios se apiadará de ella porque deseaba cada centímetro de él.

Tenía el ánimo a la altura de los tablones de madera del suelo.

Dentro de dos días, dejaría de verlo para siempre.

–¿Estás segura de que estás preparada? –le preguntó por tercera vez en esa mañana.

Ángel hizo un esfuerzo para asentir con la cabeza porque sabía que se refería a la caminata y no a dejar la cabaña y dejarlo a él.

–Estoy segura.

La belleza de los bosques era casi abrumadora. Ángel seguía a Dan por un estrecho sendero flanqueado de pinos y álamos, dos especies de árboles bien distintas que crecían juntas como hermanos gemelos. El sol del atardecer se filtraba entre las ramas y el viento agitaba cada hoja y cada pinocha y mezclaba los aromas con verdadero talento artístico.

–¿Qué tal vas? –le preguntó Dan mirándola por encima del hombro.

Ángel hizo una mueca.

–Creo que me duelen todos los músculos y que ya no puedo dar un paso más. Además, me muero de hambre.

–Ya me lo parecía –Dan se rio–. Acamparemos allí abajo, junto al riachuelo.

El valle parecía sacado de un cuadro. Laderas de hierba con flores rojas y rosas, un río que discurría perezosamente entre rocas y todo ello rodeado de montañas con cimas nevadas. Si Dan no la hubiera puesto a montar el campamento, ella se habría quedado mirándolo toda la vida.

Dan hizo un fuego y luego fue a pescar al río armado con una vara. Afortunadamente, solo tardó diez minutos en capturar una trucha enorme y otros diez en limpiarla.

Ella esperaba que tampoco tardara más de diez minutos en freírla, pero cuando Dan le explicó que tenía que asearse antes de la cena, Ángel decidió volver a probar sus dotes en la cocina. Quizá el pescado fuera más fácil que los huevos con beicon. Al menos, eso esperaba.

Dan volvía al campamento cuando olió a algo conocido. Era comida quemada... y algo más.

Vio ese algo más enseguida. Ángel estaba maldiciendo e intentando apagar las llamas de una sartén con una manta que también estaba ardiendo.

Dan dejó caer el jabón y la toalla y fue corriendo. Le quitó la manta y la sartén y, tranquilamente, fue hasta el río y las metió dentro. Ángel se puso a su lado y suspiró.

Dan la miró.

–Así que has intentado cocinar el pescado...

–Puede ser.

Dan le señaló la sartén que había dejado entre dos rocas.

–Te aseguro que lo he olido, pero no lo he visto en la sartén. ¿Dónde está?

Ángel se mordió el labio.

–Ha desaparecido.

–¿Desaparecido?

Ella se volvió hacia él con los ojos violeta encendidos.

–Se ha desintegrado.

Estaba tan enfadada con el maldito pescado que Dan estuvo a punto de sonreír, pero se contuvo.

–La cocina y tú no hacéis buenas migas.

Ángel levantó la barbilla.

–Ya lo he visto. Solo quería ayudar.

–Pues prepárate a ayudar de verdad, Ángel.

–¿Qué quieres decir?

Dan se agachó y sacó la manta quemada del río.

–Esto significa que me he quedado sin cama y que esta noche tú y yo vamos a tener que compartirla.

Dan no había compartido un saco de dormir jamás en su vida, aunque estuviera abierto y extendido. Hasta ese momento. Allí estaba tumbado junto a una mujer hermosa y ardiente, mirando al cielo e intentando con toda su alma no pensar en el calor que desprendía ella ni en el contacto con su piel cada vez que cambiaba de posición.

Durante años se había preparado para capturar

delincuentes sin escrúpulos y sin ninguna gana de que los capturaran y durante todos esos años se había visto metido en situaciones bastante peligrosas.

Sin embargo, compartir ese lecho con Ángel superaba a cualquiera. Afortunadamente, al día siguiente estarían en el pueblo.

–Cómo brillan las estrellas... y parece que están muy cerca...

Aquella voz delicada hizo que Dan aspirara el aire nocturno con la esperanza de que el frescor actuara como una ducha de agua fría.

Pero no fue así.

–¿Sabes algo de las estrellas, Dan?

–Un poco.

¿Por qué no se callaría? ¿No comprendía que la mañana llegaría antes si se dormían?

–A mí la astronomía se me debe de dar fatal –dijo ella con una ligera risa–. No puedo distinguir una estrella de otra. ¿Tú reconoces algo allí arriba?

No iba a darse por vencida, como de costumbre. Dan, con un suspiro, señaló una masa de estrellas.

–Aquello es Sagitario.

–¿De verdad? ¿Dónde?

–Bueno, es un poco tenue, pero –le tomó la mano y utilizó el dedo índice para señalar– mira aquellas estrellas en línea que luego se dividen en dos. ¿Las ves?

–Sí –contestó con admiración–. ¿Qué significa Sagitario?

–Es la flecha –todavía sujetaba su mano cálida y pequeña.

–¿De quién es la flecha?

–De Hércules.

–¿Y qué caza?

–Unos dicen que pájaros y otros que mujeres.

–¿Cazó alguna de las dos cosas?

–No. Se dice que se le escapó la presa.

Dan le soltó la mano y se puso de costado para mirarla. Ella tenía la vista clavada en el cielo, los labios separados y los ojos bien abiertos.

–¡Puedo ver la flecha! –exclamó–. Es maravilloso –se volvió para mirarlo–. ¿Por qué sabes tanto de estrellas?

Dan se apoyó en un codo.

–Es una afición.

–No te creo.

Dan entrecerró los ojos. Aquella mujer tenía una forma especial de adivinar sus pretextos y eso no le gustaba.

–Fue mi padre.

–¿Le gustaban las estrellas?

–Mucho.

–¿Te enseñó todo sobre ellas?

–Algo así. Era astrónomo.

–¿Era?

Dan notó una punzada de dolor, pero la reprimió.

–Mis padres murieron en un accidente de coche cuando yo era un niño.

El rostro de Ángel irradió compasión. Él había visto esa mirada muchas veces. Tanto después de la muerte de sus padres como de la de Janice. Siempre le había molestado. No buscaba la lástima de nadie. Ya había superado esa parte de su vida. Había cosas peores en el mundo y él había conocido muchas de primera mano.

–Tuvo que ser espantoso para un chico –intentó consolarlo con la mirada–. ¿Dónde fuiste? ¿Tenías familiares?

La pregunta le dolió. No había pensado en su tío y su tía desde hacía mucho tiempo. ¿Qué se podía decir de dos personas que no habían querido hacerse cargo de un niño de cinco años ni se habían interesado por lo que había sido de él?

Dan sacudió la cabeza.

–No tenía familia.

–Lo siento.

Dan volvió a tumbarse de espaldas y cerró los ojos.

–Duérmete, Ángel.

No le gustaba la situación. Él era el que hacía siempre las preguntas para que otros se sintieran incómodos, no al revés.

–¿Sabes una cosa, Dan?

Él resopló.

–¿Qué?

–Siempre me dices que me duerma cuando las cosas se ponen... bueno...

–¿Qué?

–Personales.

–Ya. Supongo que tienes razón.

–¿Por qué crees que lo haces?

–Seguramente porque los asuntos personales solo me incumben a mí.

Quizá, si le cerrara la boca con la suya, le succionara la lengua y le mordisqueara ese carnoso labio inferior, los dos estarían demasiado ocupados como para hacer preguntas, dar respuestas y pensar en el pasado.

Sin embargo, ella no le dio la oportunidad de salvarlos de sí mismos.

–Tienes razón –dijo bruscamente–. Estaba entrometiéndome –se dio la vuelta–. Buenas noches.

Cuando por fin supo que estaba completamente dormida, Dan abrió los ojos y se quedó mirando las estrellas.

En lo más profundo de su cabeza, Ángel vio una fotografía. Era una imagen con vida que no solo reflejaba un hecho sino también sentimientos. Tres parejas elegantemente vestidas, una mayor y dos más jóvenes, con formas, pero sin rostros, estaban sentadas en butacas llenas de joyas con las manos entrelazadas.

Estaban enamorados.

Los seis.

Profundamente enamorados. Tanto que el amor desbordaba la fotografía y le alcanzaba el corazón.

Luego, la imagen cambió.

Las parejas seguían allí, pero otra persona apareció en medio. Era una mujer sin rostro y asustada que solo quería la libertad. Pero ellos no se la daban. Las manos intentaban agarrarla. Ella, aterrada, intentaba zafarse, huir, pero los demás la retenían.

Ángel sintió un dolor horrible que le palpitaba en su interior. Presa del pánico, intentó escapar de la fotografía, cambiar de imagen, pero no lo consiguió.

Se despertó y se sentó sin poder respirar. Quiso agarrar la fotografía y romperla en mil pedazos, pero no había nada que agarrar.

Tan solo la oscuridad.

Gritó con los puños crispados. Hasta que unos brazos poderosos la abrazaron.

–¿Ángel, que ha pasado?

Dan... Su cerebro distinguió la voz grave teñida de preocupación.

–Me persiguen –consiguió decir contra su pecho–. ¿Por qué no me dejan marcharme?

–¿Quiénes? –le preguntó Dan–. ¿Quiénes te persiguen?

–No lo sé.

–¿Qué has visto?

–No podía ver.

–Ángel, quiero que me digas todo lo que recuerdes.

Sacudió la cabeza.

–No –la voz le temblaba como todo el cuerpo–. No quiero recordar. Por favor, abrázame.

–De acuerdo... Shhh.... De acuerdo... –Dan la estrechó contra sí–. No pasa nada. Estás a salvo. Nadie va a hacerte daño, Ángel. Te lo juro.

Las imágenes de las personas sin rostro seguían cruzando su cabeza mientras ella se deshacía contra el pecho de Dan. ¿Había sido solo una pesadilla o era una visión de la vida que no recordaba?

–Estoy seguro de que ha sido una pesadilla –le afirmó Dan aunque sin mucho convencimiento.

–Era demasiado real.

–Lo sé, Ángel. Lo parecen, ya lo sé.

Ella se apartó unos centímetros para mirarlo.

–¿Lo sabes?

Dan le apartó un mechón de la cara con los ojos llenos de ternura.

–Sí, lo sé.

–Háblame. Háblame de tus pesadillas, por favor.

El rostro de Dan se ensombreció.

–No.

Ella no insistió, se limitó a asentir con la cabeza, pero sintió la decepción como la hierba sentía la brisa nocturna. Ella quería la complicidad de Dan más que nada en el mundo, necesitaba su comprensión absoluta, pero él no podía dársela. Era una sensación de anhelo que le resultaba conocida.

–Lo siento, Ángel –le tomó el rostro entre las manos y le dio un beso en la frente–, pero es algo que no puedo hacer.

A ella, todo el cuerpo le pedía más calor, más contacto. Se quedó con la vista fija en los labios de Dan.

–Entonces, ¿qué puedes hacer?

A la luz de la luna, Ángel pudo ver el deseo que rebosaba de los ojos de Dan y que a ella le recorría todo el cuerpo. Sintió un estremecimiento que le bajó del vientre hasta lo más profundo de sí misma. Era una sensación tan desconocida que se puso una mano en el estómago.

–¿Qué te pasa, Ángel?

–Tú.

–¿Cómo dices?

Ella separó los labios con esperanza, con expectación.

–Eres tú. Haces que me sienta...

El rostro de Dan reflejó perplejidad.

–¿Hago que te sientas...?

–Eso es todo. Haces que me sienta.

La cabeza le daba vueltas. No sabía si tanta sinceridad era buena o mala, pero no le importaba. Al menos, mientras estuviera tan cerca de ella.

Dan, con los ojos como ascuas marrones, se inclinó y le rozó los labios con los suyos.

Fue un beso tierno y delicado.

Ella dejó escapar un gemido. Más, por favor, más, le imploró para sus adentros con la esperanza de que su boca y su cuerpo hablaran por ella. Con la esperanza de que él notara los pezones duros contra el pecho.

Ángel notó su aliento sobre los labios durante un instante.

Luego volvió a besarla con una perfección tan enloquecedora que ella quiso morir, vivir, amar. Sintió el deseo más ardiente a unos centímetros por debajo del vientre, en un lugar que ningún hombre había conocido.

Se abrió a él como las flores que había visto esa mañana en los campos, le arrebató la lengua con la suya para apremiarlo en la pasión.

Él se dejó arrastrar.

Ángel notaba sus músculos tensos contra ella, su pecho contra sus pechos. Solo podía imaginar su boca en otro punto, un punto húmedo y palpitante que solo él podía encontrar.

Ya no pensaba cuando él se apartó, no se apartó del todo, pero sí lo suficiente como para echarlo de menos.

Le mordió suavemente el labio inferior y gruñó como un animal herido.

–Ángel.

–¿Qué?

–Lo siento –se retiró con los ojos casi negros.

–¿Por qué?

Él se levantó del saco de dormir sin responder.

–¿Adónde vas?

–Tengo que salir de aquí –la voz era grave y dura como el granito–. Tengo que tumbarme en la hierba.

–¿Por qué?

Clavó los ojos en los de ella desde lo alto.

–Sabes por qué.

Los labios, los pechos y el vientre le ardían de deseo insatisfecho mientras le veía ponerse otra sudadera, dirigirse a la base de un álamo y tumbarse en la hierba.

Ella sabía el motivo. Sabía que el día siguiente sería el último día que estarían juntos, sabía que él creía que no estaban hechos el uno para el otro.

Ella no tenía memoria y él parecía tener demasiados recuerdos.

Suspiró y se tumbó dentro del saco de dormir. Un saco de dormir que estaba tan frío como su corazón y donde ya no quedaba ningún rastro del calor de sus cuerpos.

Capítulo Seis

A las nueve y media de la mañana del día siguiente, llegaron al humeante pueblecito de Evergreen, Colorado, y fueron directamente a la consulta del médico.

Apenas habían cruzado dos palabras desde el día anterior, pero cuando se sentaron en la sala de espera, Dan se sintió obligado a hablar.

–No le digas al médico que estás y sola y que no me conoces. Dile solamente que te caíste en el bosque, que te hiciste un pequeño chichón, que te dolió la cabeza, que tuviste náuseas y que no recuerdas nada.

Ángel lo miró perpleja.

–¿Por qué?

Dan sacudió la cabeza. Era mero instinto. Así se sobrevivía. Además, todavía daba vueltas a la pesadilla y había prometido protegerla.

–No quiero que ese tipo llame a la policía todavía. Confía en mí, ¿de acuerdo?

Ella asintió con la cabeza y sonrió vacilantemente.

–De acuerdo.

La sonrisa hizo que le temblara todo el cuerpo y que se acordara del beso. Cuando bajo el lienzo estrellado había probado lo que llevaba dos días anhelando probar; cuando había sentido lo que siempre había querido sentir: que Ángel lo deseaba.

Todavía notaba su boca, suave como la seda, tan suave que se habría dejado arrastrar por ella durante días enteros. Pero el sentido del deber le había dado una patada en el trasero.

–¿La señora Mason?

La voz de la enfermera sacó a Dan de su ensimismamiento. Levantó la mirada y vio a una mujer que miraba a Ángel mientras mantenía abierta una puerta.

–Acompáñeme.

Ángel se volvió hacia Dan.

–¿Por qué me llama así? –le susurró.

–Es mi apellido –le contestó él con otro susurro.

–Vaya, muy bonito. Le has dicho tu apellido a ella antes que a mí...

–¿No podemos hablar de esto más tarde?

–No.

–Mira, siento mucho no haberte dicho mi apellido, ¿de acuerdo?

–Muy bien, pero ¿por qué se lo has dicho a la enfermera...?

–Lo escribí en el formulario cuando te inscribí –susurró Dan a toda velocidad mientras la enfermera daba golpecitos de impaciencia con el pie–. Así es más sencillo, Ángel. Ahora, deberías...

–Pero ella cree que soy tu...

–Quiero que todo el mundo lo crea. Sobre todo si realmente te persigue alguien.

Tenía que hacer algunas indagaciones. Saber si su sueño tenía algo de realidad. Naturalmente, quería que encontrara a su familia, pero también se había comprometido a protegerla hasta entonces.

–Venga... –le dijo señalando a la enfermera.

Ángel se levantó.

–¿Estarás aquí?

–Sí.

Ángel sonrió.

–Muy bien.

La enfermera se aclaró la garganta.

–Si está nerviosa, su marido puede pasar con usted, señora Mason.

Dan le hizo un gesto con las cejas a Ángel. Después del breve encuentro en el saco de dormir, Dan no creía que fuera una buena idea verla con una bata corta de algodón y el trasero al aire. Pero si ella quería...

Antes de que Dan pudiera decir nada, Ángel sacudió la cabeza.

–No. Tiene que hacer muchas cosas. Comprar víveres...

Camino de la puerta, Dan no pudo reprimir una sonrisa ante la vacilante excusa. Evidentemente, a ella le había afectado el beso tanto como a él.

Una vez fuera, la mañana de verano anunciaba un día caluroso. El pueblo era todo lo bullicioso que podía ser un pequeño pueblo. Dan había estado muy pocas veces en Evergreen desde que su jefe lo había mandado a las montañas y había gente por todas partes comprando víveres o deseando comer algo en el restaurante del motel.

De camino a la tienda, Dan mantuvo los oídos alerta para oír los comentarios y los ojos bien abiertos por si veía carteles u octavillas que anunciaran la desaparición de una chica, pero ni vio ni oyó nada. Si quería saber algo, tendría que preguntar

El mercado de Greenjeans estaba regentado por una mujer de sesenta y bastantes años, gruesa y muy charlatana. Saludó a Dan con una amplia sonrisa y le dijo que si deseaba algo, Rachel era quien estaba buscando.

Dan sintió el extraño impulso de preguntarle si había oído algo sobre una excursionista desaparecida o de alguien que la estuviera buscando. No sabía nada de ese asunto. Él se rio y empezó a llenar la cesta de plástico con todo tipo de cosas.

La campanilla de la puerta sonó cuando Dan se

había agachado para hacerse con unas latas de la pasta que le gustaba a Ángel, pero se detuvo al darse cuenta de que ella no volvería con él.

–Buenos días, señora. ¿Es usted la dueña?

–Desde luego que sí.

Dan aguzó el oído. El hombre tenía un acento que le recordaba al de Ángel.

Se levantó con cautela y con los ojos fijos en la lata como si estuviera leyendo la etiqueta. Miró de soslayo y vio a dos hombres de pelo negro y peinado hacia atrás, muy grandes y realmente feos. Estaba claro que no pretendían pasar desapercibidos porque sus ropas no se parecían nada a las de los lugareños. Dan se fijó en los trajes perfectamente cortados y en las protuberancias de las espaldas.

¿Qué demonios llevaban?

Dan frotó instintivamente el codo contra la pistola.

–Mi hija ha desaparecido –dijo el pistolero a sueldo número uno–. Estoy desesperado.

–Dios mío, eso es espantoso –sin duda Rachel habría puesto alguna expresión de compasión exagerada, pero él no iba a perder el tiempo mirándola.

–La echamos mucho de menos –añadió el pistolero número uno.

–Naturalmente. ¿Desde cuándo está desaparecida?

El otro pistolero debía de ser mudo por que no abría la boca.

–Ya lleva unos cuantos días.

–Bueno, yo conozco a casi todas las chicas que pasan por aquí, ¿tienen una foto?

El hombre sacó una foto del bolsillo y la dejó en el mostrador.

–¿La reconoce?

El pistolero número dos miró en dirección a

Dan con los ojos entrecerrados mientras Rachel observaba la fotografía.

Dan, sin perder la calma, dejó la lata en la cesta, agarró una barra de pan y fue hacia el mostrador.

Rachel movía la cabeza sombríamente.

–No, no la he visto. Pero estaré atenta.

Dan dejó la cesta en el mostrador y echó un vistazo a la foto. Una Ángel sonriente lo miró a los ojos. Hasta ese momento, no había estado convencido de que aquellos tipos buscaban a Ángel ni de que la pesadilla hubiera podido ser real. Volvió a apoyar el codo en la pistola.

El pistolero número uno le hizo una seña con la cabeza.

–¿Ha visto usted a esta mujer?

Dan negó con la cabeza y con los puños bien apretados.

–No, lo siento. Pero es muy guapa.

Los finos labios del matón desaparecieron debajo de los dientes. Unos dientes que Dan no habría tenido inconveniente en romper uno a uno mientras le hacía confesar, pero no hizo nada y el hombre se dio la vuelta mientras dejaba una tarjeta sobre el mostrador.

–Por si la ve.

Rachel asintió amablemente con la cabeza.

–Faltaría más, caballero.

Los hombres salieron y Dan los siguió y memorizó la matricula de su coche grande y plateado.

–Unos tipos raros –comentó Rachel cuando Dan volvió al mostrador.

–Desde luego. ¿Están en el pueblo?

–Eso parece. Han dejado el teléfono del Evergreen Motel.

Dan estuvo a punto de preguntarle el número de habitación, pero se contuvo. No podía levantar sospechas ni comentarios.

Su amigo del FBI adivinaría la verdad. Él tenía que volver a la consulta antes de que alguien más viera a Ángel.

–Aparte del chichón, que se ha curado muy bien, no veo ningún problema físico.

Muy recta, Ángel estaba sentada en la consulta y completamente vestida e hizo la pregunta que no había podido quitarse de la cabeza desde que despertó en la cama de Dan.

–Doctor, en estos casos, ¿cuánto tarda el paciente en recuperar... su pasado, su vida?

El médico movió la cabeza comprensivamente.

–Entiendo su impaciencia, señora Mason.

El corazón le dio un vuelco como le había pasado cada vez que el médico se había referido a ella como la mujer de Dan.

–Tiene que ser desesperante –añadió con una sonrisa–. Dele algo de tiempo, como una semana, y luego, vuelva a verme.

Una semana... ¿Qué iba a hacer sola durante toda una semana en un pueblo desconocido y en un mundo desconocido? Quizá debiera decirle la verdad, que no era la mujer de Dan, que no se conocían y que quizá él debiera llamar a alguien para que encontrara a su verdadera familia.

«Confía en mí, Ángel».

Tragó saliva mientras las palabras de Dan se presentaban en su embrollada cabeza. La verdad era que confiaba en él, pero también era verdad que no le había ofrecido quedarse.

–El caballero que la ha acompañado es el señor Mason, su marido, ¿verdad?

Ángel dio un respingo y levantó la mirada.

–¿Cómo ha dicho?

–El hombre que la trajo, ¿es su marido?

–Sí, es el señor Mason –le costaba mucho mentir y esperaba que no la presionara más.

Sin embargo, la esperanza puede llevar a la decepción; incluso al bochorno. El médico la miraba con el ceño fruncido, como si ella fuera una nieta a la que había pillado con las manos en la caja de galletas.

–¿Y qué hacen su marido y usted en las montañas? No viven por aquí, ¿verdad?

Ángel tragó saliva.

–No.

–Quizá deba avisar al sheriff por la herida en la cabeza. A lo mejor hay que hacer algún informe. Como medida de precaución, naturalmente.

Ángel oyó la voz de su «marido» a sus espaldas.

–¿Puedo pasar?

–Claro, señor Mason –el médico le hizo un gesto con la mano–. Estamos atando cabos.

Dan se acercó a Ángel y le apoyó la mano en el hombro tranquilizadoramente. Ella sintió un calor estremecedor por el contacto.

–Entonces, doctor, mi mujer se pondrá bien...

Ángel miró al anciano.

–Está perfectamente, salvo por la pérdida de memoria.

Dan suspiró.

–No puedo creerme lo que ha pasado. Además, en nuestra luna de miel...

–¿Luna de miel? –preguntó el doctor con los ojos como platos–. ¿Por qué no me lo ha dicho, jovencita?

Ángel sonrió aunque por dentro estaba derrumbándose. El doctor la dejaría marchar, Dan volvería a la cabaña y ella vagaría por Evergreen, Colorado, hasta que recuperara la memoria.

–Iba a decírselo cuando ha entrado mi marido.

Una sonrisa amplia y comprensiva sustituyó al ceño fruncido del médico.

–Dios mío, recién casados... Tiene que ser espantoso no recordar vuestro pasado juntos.

Dan la besó en la mejilla.

–Estamos haciendo recuerdos nuevos, ¿verdad, Ángel?

Ella lo miró y él sonrió como si no tuviera ninguna preocupación en la vida, pero Ángel pudo adivinar que algo iba mal. Tenía un aire pensativo y estaba en tensión.

El médico le hizo un guiño a Dan.

–Solo necesita mucho descanso y tranquilidad, hijo. Estoy seguro de que todo se arreglará.

Ángel se levantó y Dan le tomó la mano.

–Es maravilloso. ¿Ves, cariño? Ya te lo había dicho.

–Vuelvan dentro de una semana –dijo el médico con la mano extendida.

Dan la estrechó.

–Gracias, doctor. Así lo haremos.

Una vez fuera, Dan se acercó al oído de Ángel.

–Anda deprisa –le susurró.

–Pero, tengo que decirte...

–Ahora, no –insistió–. Acompáñame.

Caminaron todo lo deprisa que les permitía la pesada carga y cuando llegaron a las afueras del pueblo, se pararon para que ella recuperara el aliento.

–¿Adónde vamos? –preguntó ella.

–Volvemos a la cabaña.

–No entiendo. ¿Qué está pasando, Dan?

Él miró alrededor con las mandíbulas apretadas.

–No hay tiempo para explicártelo. Si estás bien, tenemos que largarnos de aquí.

La tiró de la mano, pero ella no se movió.

–Tenías pensado dejarme en el pueblo y ahora me llevas a la cabaña. Tienes que decirme por qué.

Dan le soltó la mano y resopló.

–El sueño que tuviste anoche no es un sueño. Están buscándote.

Las palabras le golpearon en el pecho y le estrujaron el corazón.

–Repítelo.

–Están buscándote, Ángel.

–¿Por qué lo sabes?

–Los he visto.

–¿Son más de uno?

–Dos. Unos auténticos matones europeos.

–Europeos... –dos hombres de ojos oscuros y morenos le aparecieron en la cabeza como un destello–. ¿Unos hombres muy grandes?

Él abrió los ojos muy asustado.

–Sí. ¿Estás recordando algo? ¿Sabes quiénes son? ¿Sabes de dónde vienen?

–Dan, por favor –se encogió de hombros por la impotencia. La imagen había desaparecido–. ¿Por qué sabes que me buscan?

–Estaban enseñando tu fotografía y haciendo preguntas...

–Bueno, eso no quiere decir nada. Pueden ser unos familiares o amigos de la familia.

–No lo son.

–¿Por qué lo sabes? –le suplicó.

El viento se levantó y arrastró las pinochas y las hojas de los árboles. Una le pinchó a Dan en la mandíbula, en la tensa mandíbula.

–De acuerdo, Ángel, soy policía. Puedo distinguir un problema a un kilómetro de distancia. Esos tipos no eran ni familiares ni amigos y tú también lo sabes.

Ángel estaba tan cansada de sueños y realidades que no estaba segura de lo que sabía.

–Dan, ya has hecho bastante por mí. Si hay algún problema, no tienes por qué hacerte cargo.

Él volvió a tomarle la mano.

–Sí tengo por qué.

–Estoy segura de que la policía puede ocuparse...

–No.

¿Por qué se empeñaba en llevarle la contraria? Quería estar con él, bajo su ala protectora. El cansancio y la necesidad respondieron por ella.

–De acuerdo. ¿Qué hacemos?

–Volvemos a la cabaña.

Dan volvió a echar una ojeada al pueblo y la llevó al amparo del bosque.

Una vez en lo más profundo del bosque, Ángel se sentó en un tronco caído con los brazos alrededor del pecho y pequeños escalofríos de preocupación por todo el cuerpo.

Alguien estaba persiguiéndola.

En realidad eran dos y ella no tenía ni idea de quiénes eran ni qué querían. Solo sentía la necesidad imperiosa de esquivarlos.

El cielo se tornó color cobalto con la caída de la tarde. Pronto sería de noche. Sintió otro escalofrío. ¿Soñaría con el pasado y con los hombres que la perseguían cuando se acostara esa noche? ¿Estaría Dan a su lado para protegerla y darle calor cuando se acostara esa noche?

El estómago le rugió como respuesta, el hambre empezaba a dominar al miedo. Dan y ella habían comido mientras caminaban, pero no pararon hasta que creyeron que estaban lo bastante lejos del pueblo.

Dejó escapar un suspiro y se inclinó sobre el fuego. La preocupación y el miedo eran sentimientos comprensibles para alguien que estaba pasando por esa situación, pero no eran los únicos sentimientos.

También sentía alivio y satisfacción.

El día anterior por la mañana, ella no había querido otra cosa que quedarse en la cabaña con Dan. En ese momento, gracias a los dos hombres que la perseguían, se le había concedido el deseo.

Volvió a sentir el extraño escalofrío, pero no sabía si era por las preocupaciones del día o por las perspectivas del futuro.

–¿Estás bien, Ángel?

Ella le sonrió forzadamente por encima del hombro.

–La verdad es que no mucho.

Dan dejó lo que estaba haciendo y se sentó en el tronco junto a ella.

–No va a pasar nada.

–Espero que tengas razón.

–¿Ya no confías en mí?

Ángel no pudo contener la risa que le brotó de la garganta.

–¿Confiar en ti? Ni siquiera me habías dicho quién eres.

–Te había dicho mi nombre.

–Tu nombre de pila y nada más.

–Hasta hoy, no había ningún motivo para que supieras quién soy.

–Claro que lo había.

–¿Por qué?

–Porque... bueno...

No le salían las palabras. No podía decirlo. No iba a hablarle del beso, del maravilloso beso y de la intimidad que exigía una revelación completa. Él no entendería el razonamiento. Al fin y al cabo, para él solo había sido un capricho pasajero, un error. Volvió a mirar el fuego.

–Olvídalo.

–Ángel...

Le puso una mano en el hombro y ella sintió el escalofrío una vez más.

Ángel sacudió la cabeza.

–No sé qué me pasa, pero no consigo entrar en calor.

–Estás agotada, eso es todo.

–Estoy muy bien.

Dan le pasó delicadamente el brazo alrededor de la cintura y la ayudó a levantarse.

–Ven. Quiero enseñarte una cosa.

Al cabo de treinta segundos estaban ante un manantial de agua caliente que formaba una poza en una cueva rebosante de vegetación. Una roca lisa rodeaba la poza y el vapor se elevaba sobre la superficie del agua.

Ángel no podía creerse lo que estaba viendo.

–¿Es un espejismo?

Dan se rio a su lado.

–No.

–¿Un sueño?

–No. La verdad es que lo encontré cuando volvía a la cabaña después de mi última visita al pueblo y me di un baño, de modo que me consta que es real.

Unas flores azules pasaron flotando sobre la corriente excepcionalmente transparente.

–Es maravilloso.

–Date un buen baño. El campamento está cerca. Llámame si te pasa algo.

Se dio la vuelta y se marchó.

–¡Pero no tengo traje de baño! –le gritó ella.

Él la miró por encima del hombro con le ceja arqueada y un brillo burlón en los ojos.

–No lo necesitas, Ángel.

Ella notó que las mejillas le ardían y se rio.

–Ah, claro.

–Te dejo tranquila.

Se quedó mirándola un instante y se marchó.

Cuando se hubo marchado, cuando el sonido de sus pasos de desvaneció y solo quedó la música de las montañas, los grillos y el silbido del viento entre las ramas, se fue quitando las prendas de vestir una a una.

Una vez desnuda y con la melena suelta sobre los hombros, tomó aliento y se metió en el agua vaporosa.

Sintió que cada centímetro de su cuerpo suspiraba al sentir el roce del líquido caliente.

Era el paraíso, se dijo mientras se sentaba en la piedra lisa que se apoyaba en el fondo de la poza. Inclinó la cabeza hacia atrás con una sonrisa y dejó que el agua le bañara los pechos y que se esfumaran los miedos y los pensamientos.

El tiempo pasaba en oleadas susurrantes y la mente se le quedó como un lienzo en blanco, pero como cualquier lienzo, pronto pidió que lo pintaran.

Repentinos destellos de imágenes surgieron tras los párpados cerrados. Primero escuchó una música, clásica y muy conocida para ella. Se vio a sí misma con un vestido largo y plateado y bailando con un hombre mayor.

La imagen desapareció bruscamente y las olas del mar le acariciaban los pies. Estaba sentada en una playa de arena viendo una puesta de sol color cereza y melocotón. Aparentemente estaba muy feliz, pero tenía el corazón vacío como una cueva. Miró alrededor. No había nadie en la playa. No había amor en su corazón.

Oyó un estruendo de ruidos y agitación detrás de ella. Se dio la vuelta y vio un tumulto de gente, fotógrafos y vecinos, que bajaba hacia ella como si fuese una marabunta de hormigas ante un bocado exquisito.

Algo húmedo y viscoso aterrizó en su pecho y todo se desvaneció.

Ángel abrió los ojos como impulsados por un resorte.

Se encontró con una rana enorme sobre su pecho.

Dio un grito, saltó y la criatura cayó al agua.

–Ángel...

Dan apareció con la pistola desenfundada.

Tenía una expresión tensa y alerta. Se quedó en el borde de la poza, a un par de metros de ella y preparado para la batalla.

–¿Qué demonios ha pasado? ¿Te pasa algo?

–Una rana –consiguió decir ella con la voz entrecortada.

–¿Qué...?

–Una rana... ha saltado... a mi pecho...

Dan bajó la mirada.

–Ángel...

–¿Qué?

Dan estaba tranquilo y frío como la luna en el cielo crepuscular.

–No es que me queje, pero ¿sabes que solo tienes unas gotas de agua sobre el cuerpo?

Las llamas de sus ojos oscuros le recorrieron el cuerpo hasta que ella asimiló exactamente lo que acababa de decir.

Se miró el cuerpo desnudo, dio un grito de terror y se lanzó al agua.

Capítulo Siete

¿Se había muerto y estaba en el cielo?

¿O sería el infierno?

Dan volvió a meter la pistola en el cinturón. Cuando se dio la vuelta, Ángel ya se había alejado un poco y estaba con la espalda apoyada en la pared de roca, el pelo mojado, los ojos grandes y brillantes y los pechos le subían y bajaban cada vez que tomaba aliento.

Sin embargo, daba igual que estuviera a salvo debajo del agua o que la noche estuviese cayendo deprisa o que cuando la vio el agua le llegara a mitad del muslo. Su imagen, su piel blanquísima, sus largas piernas, sus pechos pequeños y perfectos, su cintura finísima y la curva de las caderas, se habían grabado indeleblemente en su debilitado cerebro.

–¿Vas a decir algo, Dan?

–Estoy pensándolo –contestó con un hilo de voz.

–Creo que me siento violenta –gruñó ella.

–¿Qué quieres decir con que lo crees?

–Digamos que tengo la sensación clara de que nunca había estado desnuda delante de un hombre.

Dan sintió una punzada casi dolorosa en el pecho. ¿Era eso posible? Tenía que tener unos veinticinco años. Si fuese posible, si ningún hombre la hubiese visto desnuda, ¿por qué tenía que ser él el primero?

Era un tormento absoluto y delicioso.

–No tienes ningún motivo para sentirte violenta, Ángel –farfulló con los dientes apretados.

Ella pareció más tranquila.

–¿Lo dices porque está tan oscuro que no me has visto?

Dan sacudió la cabeza con su imagen abrasándole el cerebro.

–No, te he visto.

–Fantástico.

–Estabas absolutamente perfecta a la luz de la luna. Eso es lo que quería decir.

Estaba portándose como un hombre de carne y hueso delante de ella y le fastidiaba mucho.

Había perdido la batalla del dominio de sí mismo. Le había dicho cuánto la deseaba, como un adolescente en celo.

No podía retirarlo y tampoco podía borrar la imagen de ella.

Ángel se movió con inquietud en el agua y la visión de los pechos balanceándose sobre la superficie se apoderó de él.

–¿Absolutamente perfecta a la luz de la luna? ¿Es verdad?

Dan quiso reírse.

–Pareces intrigada.

Ángel esbozó una sonrisa pícara que golpeó a Dan en mitad del pecho y fue bajando cada vez más.

–Intrigada, no. Quizá un poco halagada.

–¿Solo un poco?

–De acuerdo. Estoy muy halagada.

Ese juego estaba volviéndole loco. Ella estaba volviéndole loco. El poder de aquella mujer lo dominaba y cada vez que la miraba sentía como si fuera una amenaza para todo lo que había levantado tan costosamente durante los últimos cuatro años. No podía permitir que le derrumbara aquel muro protector.

–Bueno, a lo mejor no tienes motivo para estarlo.

–¿Por qué?

–Un hombre puede volverse muy peligroso con esta luna. Sobre todo cuando una mujer hermosa y completamente desnuda lo está torturando.

Ella nadó hacia él vacilantemente, se paró a sus pies y lo miró con ojos cautelosos pero sinceros.

–A lo mejor me he sentido un poco violenta porque me has visto... desnuda, pero nunca tendría miedo de ti, Dan.

–Deberías tener miedo.

Sobre todo si se quedaba allí y sus ojos color violeta reflejaban un deseo que él captaba con todo el cuerpo.

Ángel se sentó con el ceño fruncido.

–¿Por qué me dices esas cosas? Estás protegiéndome, ¿no?

Instintivamente apoyó el codo en la pistola. Claro que estaba protegiéndola. Había corrido hasta allí con el pulso a cien en cuanto la oyó gritar.

–Estoy protegiéndote, Ángel, pero no solo de ellos..

Levantó la ceja sugerentemente.

–También me proteges de ti, ¿verdad? –el tono era seco y contrariado.

–Exactamente.

–Y si me lío contigo...

Dan sacudió la cabeza vigorosamente.

–Eso no pasará.

Él esperó que le preguntara por qué, pero no lo hizo.

–¿No pasará conmigo o con nadie?

Él intentó responder a la pregunta sin palabras porque no podía articularlas..

Ella no se conformó con el silencio.

–¿De qué tienes tanto miedo, Dan?

Estaba acostumbrado a que los delincuentes le hicieran aquella pregunta para ver si conseguían que bajara la guardia y dejara un resquicio de debilidad.

Nunca había funcionado. Al menos, en el pasado.

Sin embargo, dicha por Ángel fue como una bala en medio del corazón. Seguramente porque la pregunta iba envuelta en un deseo y una necesidad que hacía mucho tiempo que él no sentía.

Dan sacudió la cabeza.

–No se trata de miedo.

–Entonces, ¿de qué se trata?

–De adivinar quién eres y de que vuelvas a tu vida y...

–Y que desaparezca de la tuya –Ángel terminó la frase.

Dan no dijo nada.

Ella asintió lentamente con la cabeza.

–Lo he captado.

No había captado nada, pero él no iba a explicárselo. Ángel era una buena mujer, abierta y sincera, no temía decir lo que pensaba ni pedir lo que quería, pero se equivocaba al quererlo a él. Él estaba allí para protegerla y nada más. Además, en su mundo no había sitio para una mujer como ella, ni como ninguna mujer.

Si esperaba, si esperaba hasta que recuperara la memoria, quizá encontrara que había un hombre, un héroe, esperándola.

No un sheriff resentido.

–La comida está preparada –se apartó de la roca–. ¿Por qué no te secas, te vistes y vuelves al campamento?

Mientras se alejaba, la oyó salir del agua y revolver la ropa. Unos destellos de piel rosada, húmeda y delicada, le surgieron en el cerebro.

Soltó una maldición y dio una patada a una roca mientras la parte inferior de su cuerpo cobraba vida con un deseo que no iba a satisfacer.

Ángel estaba tumbada de espaldas en el saco de dormir. Notaba la presión del muslo de Dan contra el suyo, el aroma que emanaba de su piel invadía todos sus sentidos y el calor le calmaba y excitaba toda la sangre.

No pasaría esa noche sin él.

Después de cenar, le había dicho que no quería dormir sola, que tenía miedo de los hombres que la seguían. Era una buena excusa para que durmiera con ella. Tenía miedo, pero el verdadero motivo de su petición era tenerlo cerca y sentirse envuelta por su calor y su fuerza.

Además, si volvía a estrecharla contra él y a besarla, atendiendo a todos los puntos anhelantes que había despertado en ella, estaría encantada de corresponder.

Ella sabía en lo más profundo de su ser que su rechazo no tenía tanto que ver con la pérdida de la memoria y su pasado como quería hacerla creer.

Había algo más que lo hacía reacio, no solo a tomar lo que ella le ofrecía, sino a tomar lo que la vida le ofrecía. Era un temor, quizá un pasado que él mismo se negaba a reconocer.

Dan se movió a su lado, le arañó el brazo izquierdo y le rozó la parte inferior del pecho. Se quedó sin aliento mientras aquella descarga eléctrica que respondía al nombre de Dan cobraba vida.

–Perdona –susurró él.

–No importa.

–¿Has comido suficiente?

Adormecido y cansado, seguía preocupándose por su bienestar.

–Sí. Gracias por hacer la cena.

–Eran los espaguetis de lata que te gustan. Nada del otro mundo.

Ella se tumbó de costado y se le iluminó una bombilla en la cabeza.

–No habíamos metido ninguna lata de comida, ¿verdad?

Dan miró a las estrellas que conocía tan bien.

–No.

–¿La compraste esta mañana en la tienda?

–Supongo.

Ángel hizo un gesto de agrado.

–Has sido muy detallista.

–Simplemente práctico, Ángel.

–¿Qué quieres decir?

–Es difícil quemar la pasta enlatada.

La miró con un gesto burlón.

Ángel se rio y lo agarró del brazo.

–Espera un poco. Voy a dominar el arte de la cocina y tendrás que suplicarme para que te haga la cena.

–Yo no suplico nada.

Ángel, por un impulso repentino, le dio un pellizco en el costado del abdomen.

Él dio un salto y la miró con ojos severos.

–Ni lo pienses.

Ella sonrió.

–En mi otra vida debía de ser una verdadera provocadora, porque voy a hacer algo más que pensar en ello.

Ella empezó a hacerle cosquillas mientras él saltaba y maldecía entre risas.

–No puedo creerme que el sheriff fuerte y malvado tenga cosquillas.

Dan le agarró una de las muñecas antes de que terminara de hablar.

–Si vuelves a intentarlo, no respondo de mis actos.

A ella se le excitaron todos los sentidos.

–¿Qué puede pasar, sheriff?

Los ojos de Dan echaban chispas.

–Te lo advierto, no juegues con fuego.

Ella, con el corazón desbocado, le sonrió descaradamente, bajó la mano hasta el muslo de Dan y apretó.

Ángel pudo notar el estremecimiento que recorrió todo el cuerpo de Dan.

En unos segundos la tenía de espaldas, con las manos detrás de la cabeza y los ojos clavados en los de ella.

–Mira lo que me has obligado a hacer.

La diversión se esfumó en cuanto ella notó la erección sobre su vientre. Ya no podía pensar ni en moverse, solo podía desear.

–Bésame, Dan.

Él le soltó las manos como si fueran de hierro al rojo vivo.

–¿Cómo dices?

–Bésame –repitió ella con un tono ronco y atractivo–. No quiero un beso delicado como el de anoche, sino uno ardiente.

–Te has vuelto loca.

–Lo sé –se cimbreó contra él y le pasó los dedos por la espalda desnuda–. Enloquezcamos los dos.

Dan se estremeció.

–Ángel, ¿no lo entiendes? No sabes quién eres, ni a quién perteneces, a quién...

–No pertenezco a nadie de la forma que tú piensas.

–¿Por qué los sabes?

Ángel pensó en todos los sueños y destellos de

memoria que había tenido desde que se cayó. Pensó en su reacción a las miradas de Dan, a sus contactos, a la novedad de su anhelo cuando él estaba cerca.

–Lo sé –respondió sinceramente.

Dan miró a las estrellas y resopló.

–¿Por qué es tan difícil resistirse a ti?

Ella levantó la cabeza y lo besó en los labios.

–A lo mejor es porque no hay necesidad de que lo hagas.

Dan hundió las manos en la melena de Ángel.

–Que Dios se apiade de nosotros.

Ella lo rodeó con los brazos y Dan se adueñó de la boca de Ángel y la reclamó.

Ella se abrió y lo saboreó con la sangre hirviéndole en las venas. Él no era delicado; era voraz, como Ángel quería.

Sin embargo, sabía que Dan estaba conteniéndose. Si bien el beso y el contacto transmitían su anhelo y su necesidad, el corazón permanecía distante.

Ella se elevaba y se entregaba.

Dan le soltó el pelo y bajó la mano mientras las bocas ardientes y húmedas no se separaban. Le acarició el pecho.

Ángel se estrechó contra la palma de la mano entre gemidos y dejándose arrastrar. Quería repetirle que aquello era nuevo para ella, que nadie la había tocado de aquella manera, pero temía romper el hechizo. En ese momento no necesitaba palabras de ninguno de los dos, necesitaba acción.

Dan le besaba la boca como si estuviera muriéndose de sed. Ella no sabía por qué no había bebido hasta entonces, pero ella quería saciarlo como él la saciaba a ella.

Ángel se aferró a los músculos de la espalda

mientras él le pasaba el pulgar por el pezón endurecido. Luego lo tomó entre dos dedos y lo presionó ligeramente.

Ella sintió que el vientre se le estremecía con descargas eléctricas. ¿Cómo era posible que aquella sensación empezara en un punto y se extendiera por cada milímetro de su cuerpo tan deprisa? Se preguntó Ángel mientras arqueaba las caderas para que él captara su explosión interna.

Ángel solo podía ansiar tenerlo dentro, con la mano o lo que fuera.

Con dedos temblorosos, Ángel alcanzó el borde del pantalón de algodón y empezó a quitárselo.

Dan se quedó paralizado cuando sintió la delicadeza de su vientre en ascuas contra toda su dureza. Consiguió dominar su mente entre aquel deseo abrumador que le provocaba deseos de aullar. Era un idiota. ¿Cómo podía haberlos llevado a ese punto sin pensar en las consecuencias?

Se apartó a un lado y se sentó con la frente apoyada en la palma de la mano.

Notó la mano de Ángel en la espalda y oyó su delicada voz que le rasgaba el corazón.

–¿Qué pasa?

Cualquier excusa era buena.

–No tengo protección.

El doble sentido de las palabras fue como un puñetazo en el estómago. Era verdad que con ella empezaba a apaciguarse toda la ira y el dolor que había albergado durante cuatro años.

¿Por qué tenía ese efecto en él? ¿Por qué no entendía ella que no quería sentir nada? El vacío y la frialdad le habían sentado muy bien.

El vacío y la frialdad habían evitado que aquella noche le diera placer.

Dan cerró los puños. Si volvía a oírla gemir, si volvía a sentir su boca y a paladear su piel, no sabía qué podría pasarles físicamente y en todos los demás sentidos.

Se dio la vuelta, miró a aquellos ojos en llamas y sintió que se dejaba llevar. Le daba igual su propia satisfacción, quería tocarla, quería oírla gritar su nombre mientras rebosaba de placer, pero no permitiría ni una atadura más entre ellos.

Se tumbó junto a ella.

–Ven.

La abrazó con una fuerza que le hacía daño.

Ella tendría la proximidad que anhelaba y él el tormento al que estaba acostumbrado y en el que, desgraciadamente, se encontraba tan cómodo.

El sol estaba ocultándose detrás de las montañas cuando llegaron a la cabaña al día siguiente. Ángel se ofreció para cepillar a Rancon y darle de comer y beber mientras él se hacía cargo de las mochilas y los víveres. Dan aceptó inmediatamente, lo que hizo que Ángel se preguntara si querría distanciarse un poco.

Al fin y al cabo, habían pasado toda la noche abrazados y todo el día juntos en el sendero. ¿Cuántas veces le había demostrado que disfrutaba de su silencio y soledad? Además, la deseaba y luchaba contra ello cada segundo de su vida.

No lo pensaba con arrogancia.

Ángel había visto la verdad en sus ojos cuando ella había expuesto su anhelo para que lo viera él.

Con una sonrisa triste, Ángel dio de comer y beber a Rancon intentando concentrarse en lo que hacía. Hasta que vio una pequeña radio colgado de un gancho en la pared del establo.

Sintió la necesidad de cierta distracción, se acercó y lo puso en marcha. Una voz masculina, ronca y cristalina, brotó de los altavoces. La música le alivió el cansancio y le levantó el ánimo.

¿Por qué no entendía Dan que ella solo quería lo que él pudiera darle? Tomó un cepillo y empezó a pasarlo por el cuerpo negro de Rancon. Quizá fuera porque ella no le había dicho lo que quería y lo que no quería, como no le había dicho que estaba enamorándose de él.

El corazón se le hundió al reconocérselo. El mismo corazón que ya pertenecía al sheriff Dan Mason. Nunca había estado enamorada y lo sabía como sabía que casi toda su vida había estado rodeada de caballos y que le encantaba el chocolate.

Había cosas que ni una pérdida de memoria podía ocultar, ¿pero hasta cuándo podría ocultárselo a Dan? Si se lo decía, ¿cómo reaccionaría él? ¿Volvería a rechazarla?

El caballo resopló como si pudiera oírla.

Ángel se rio.

–Tu dueño es un hombre muy terco, Rancon.

–Él ya lo sabe.

Se dio la vuelta y vio a Dan en la puerta.

Ángel hizo una mueca.

–¿También sabe que eres muy furtivo?

–Nunca me habían llamado furtivo.

–¿Y muy travieso?

–Eso me suena más.

Ángel sonrió.

–Por cierto, ¿has oído algo más de mi conversación con Rancon, aparte de lo de terco?

–No.

–Me alegro se saberlo.

No sabía si había dicho en alto todos los sentimientos que se había reconocido.

Dan se acercó a Rancon y le dio una palmada en el flanco.

–¿Qué rumores está difundiendo, muchacho?

–No te lo dirá.

Dan hizo un gesto burlón de decepción y sacudió la cabeza al animal.

–Te has dejado hechizar por una mujer... ¿Cuántas veces hemos hablado de esto?

–Me parece que no las suficientes. No me ha costado mucho convencerlo para que me guarde el secreto.

–¿No?

Ella negó con la cabeza y una sonrisa de oreja a oreja.

–Tres zanahorias y un beso.

–¿Puedo entrar en el trato?

Ángel sintió un cosquilleo en el abdomen.

–Solo si me prometes guardar el secreto.

–De acuerdo.

Las palabras no le salían a Ángel. En vez de decirle que lo amaba le dijo que amaba la música.

Dan volvió a dar una palmada a Rancon. En ese momento sonaba una canción de amor cantada con una voz áspera y sensual.

–¿Bailas? –le preguntó Dan.

Ángel agarró con fuerza el cepillo.

–¿Rancon o yo?

La mirada de Dan hizo que el corazón le diera un vuelco.

–Tú, Ángel.

–¿Quieres decir agarrados?

–Eso es lo que quiero decir.

Dan le quitó el cepillo y lo tiró a su caja. La tomó de la cintura y ella posó una mano en la de él y la otra en el hombro.

Siguieron el ritmo de la música lentamente mientras Dan la llevaba. Era un bailarín maravilloso, la estrechaba contra sí con movimientos seguros, pero mientras la canción aumentaba de sentimiento, mientras Dan la estrechaba más contra sí, el vientre contra la excitación de él y los pechos duros contra el pecho de él, los ojos se le volvieron a llenar de un deseo que ella quería satisfacer por todos los medios.

Instintivamente, Ángel vio a otra pareja bailar de aquella manera y sintió la necesidad de sentir lo que sentían ellos.

Apartó la visión de su cabeza y le sonrió a Dan.

–Estoy bailando...

La sonrisa de Dan era forzada.

–Ángel...

–¿Qué?

–Mañana voy a ir al pueblo.

Ángel sintió una punzada de aprensión y pérdida.

–¿Para qué?

–Para hacer algunas preguntas sobre una matrícula y hablar con un amigo mío del FBI.

Ángel detestó la inmediata sensación de soledad.

–Y quieres ir solo...

–Puedo entrar y salir más rápidamente.

Ella asintió con la cabeza, dejó de bailar y se apartó.

–Es más seguro para ti, Ángel –le explicó con cierta tensión.

–¿Para mí o para ti?

–No empieces...

–Ya ha empezado. La realidad es que ya empezó hace unos días.

Dan endureció el gesto.

–Supongo que tienes razón.

Ángel se irguió y lo señaló con un dedo.

–Tengo razón. ¿Sabes una cosa? No te fías de ti mismo cuando estás cerca de mí.

–Desde luego que no –replicó apasionadamente.

Se miraron fijamente durante más de un minuto. La sangre les bullía. ¿Qué podía decir ella? ¿Cómo podía seguir peleando para alcanzarlo cuando él no quería que lo atraparan?

Se sintió abatida. Ya había tenido bastante por esa noche.

–Voy a asearme y a acostarme –dijo con un tono tranquilo.

Se dio la vuelta y salió del establo sin mirar atrás.

Capítulo Ocho

–Mide cerca del metro setenta y pesará unos cincuenta y cinco kilos. Tiene el pelo largo, ondulado y castaño claro con reflejos dorados y rojizos. Ah, y ojos color violeta.

Dan se apoyó en la pared de la cabina telefónica y Jack Bonner, su amigo del FBI, se rio.

–Ojos color violeta, ¿eh?

–Efectivamente.

–El pelo largo, ondulado y castaño con reflejos rojos y rubios, ¿no?

–¿Estás repitiéndolo para ti mismo o para tocarme las narices un rato?

Dan estaba dispuesto a agarrarle del cuello a través del teléfono.

Jack volvió a reírse.

–Para tocarte las narices y divertirme un rato.

Se conocían desde hacía diez años e incluso habían ido juntos a la academia. Los demás policías los llamaban los inconformistas por sus métodos poco convencionales de perseguir a los sospechosos y enseguida hicieron buenas migas.

Sin embargo, ninguno de los dos encajaba como policía y al cabo de unos años, Jack entró en el FBI y Dan se pasó al cuerpo de sheriffs.

Para sorpresa de algunos, su amistad perduró. Naturalmente, de vez en cuando se creaban problemas, pero a la hora de la verdad, harían cualquier cosa el uno por el otro. Cuando a Jack le destrozaron una pierna, Dan estuvo a su lado para ayudarlo a que volviera al trabajo. Cuando Janice murió, fue Jack quien sacó a Dan de la cama después de pasar un mes hundido en la miseria.

–También tiene un acento peculiar –la comentó Dan a su amigo–. ¿Estás apuntándolo?

Jack hizo un ruido despectivo.

–¿Con quién crees que estás hablando, Mason?

Dan oyó que escribía en un papel.

–Te decía que tiene un acento peculiar.

–¿Sureño? ¿Británico? ¿De Brooklyn? ¿Qué acento?

–Británico o escocés o irlandés. No estoy seguro.

–¿Crees que viene de una buena familia?

–Seguro. Tiene unos modales perfectos, habla con corrección absoluta, no sabe cocinar, se cruza las piernas al sentarse y llevaba las mejores botas del mercado cuando la encontré.

–Las chicas ricas pueden ser una verdadera pesadilla.

–En realidad, eso es lo que no encaja en Ángel.

Se arrepintió al instante de haber dicho su nombre cariñoso.

–¿Ángel...? –Jack arrastró la palabra.

–Tenía que llamarla de alguna manera, ¿no?

–Es muy amoroso...

–Que te den, Bonner.

Habían tardado tres segundos en volver a los diecinueve años, cuando se tomaban el pelo sobre quién tenía el mejor coche, la mejor chica o la mejor pistola.

–Me alegro de comprobar que el aire de la montaña no te ha cambiado demasiado, Mason –Jack se rio–. ¿O es la pesadilla rica, hermosa y de pelo ondulado?

–No es una pesadilla, es... la verdad es que es adorable.

–¿Adorable...? Estás acabado, tío.

–Te juro que no veo el momento de que acabe todo esto y...

–¿Me invites a una cerveza?

–Vuelve a intentarlo.

–En serio, me ocuparé de esto –Jack adoptó el tono de agente federal y amigo–. Indagaré por ahí, me enteraré de por qué esos tipos conducen un coche con matrícula del gobernador. Es posible que el hermano canalla del gobernador haya dejado un coche a alguno de sus colegas o es posible que esa chica sea la hija de alguien importante. En cualquier caso, me enteraré. Entretanto, anda con ojo.

El sol del crepúsculo teñía de naranja la calle principal y el calor abrasó las entrañas de Dan.

–Tengo casi la certeza de que no se trata de aficionados.

–Ya. A mí me parece lo mismo.

–Te llamaré dentro de unos días.

–Me parece bien. Dan...

–¿Qué?

–¿Ojos color violeta...? ¿Lo dices en serio?

Dan se rio.

–Después de la cerveza vas a llevarte una buena paliza, Bonner.

–Hasta luego.

Dan se apoyó en la cabina telefónica. Tenía que hacer algunas preguntas y trazar un plan.

No le gustaban las alternativas que había planteado Jack. O Ángel estaba metida en un buen lío o era la hija de algún capitoste.

Cualquiera de las dos era motivo suficiente para contenerse, pasar por alto el anhelo que sentía y andarse con cuidado. Pero nunca le había gustado andarse con cuidado y menos desde que conocía a Ángel.

Dio un puñetazo al plástico de la cabina. ¡Él no

echaba de menos a las mujeres! Las veía cuando tenía que verlas.

Sin embargo, aunque intentaba expulsarla de sus pensamientos, ella seguía allí con sus ojos color violeta y su pelo ondulado, con su franqueza y su perseverancia en intentarlo y no conseguirlo.

Al día siguiente, al caer la tarde, estaría con ella otra vez. Dan salió de la cabina telefónica. Era tarde y tenía trabajo.

Notó el arma debajo del brazo y se dirigió al hotel a tomar un chuletón y recabar algo de información.

Ángel, con un gruñido de fastidio, tiró a la basura lo que se suponía que era una tarta de cerezas y volvió a la encimera con el plato vacío y una decisión cada vez mayor por demostrar que podía cocinar y que tenía algo de sentido doméstico.

Solo necesitaba un poco de práctica.

Ya eran cerca de las nueve, llevaba cinco horas cocinando y había conseguido freír un par de lonchas de beicon, pero eso no era suficiente.

Para cuando llegara Dan al día siguiente quería recibirlo con una verdadera cena comestible.

Si el destino se ponía de su lado, además la cena también podría tener un buen aspecto.

Después de mezclar la manteca con la harina y de añadir agua fría, hizo una bola con la masa y la metió en la nevera. Iba a darle una cena inolvidable servida por una auténtica provocadora.

Esbozó una sonrisa pensativa. Sabía que no era una provocadora, que tenía poca experiencia en ese terreno, pero haría todo lo posible por parecerlo. Algo le decía que le quedaba poco tiempo.

Abrió otra lata de cerezas y se metió una en la boca.

Cuando le hubiera demostrado que lo amaba, ¿tomaría él lo que le ofrecía? ¿Podría un hombre tan cerrado a las emociones y los sentimientos reconocer...?

La dulzura de la cereza le reventó en la lengua. Tuvo un destello. Otro destello, como un relámpago negro, le cruzó la cabeza.

Retrocedió con la mano en la frente. Podía notar una cicatriz debajo de los dedos. Se agarró a la encimera y se dejó caer al suelo.

Sin embargo, las imágenes no le dieron tregua. Seguían brotando en su cabeza una detrás de otra. Era una niña y estaba sentada en el tejado de una casa de campo recogiendo cerezas de un árbol enorme. La tierra, llena de flores, se extendía durante millas hasta la costa rocosa. Había dos niños sentados a su lado; los dos eran mayores, comían cerezas y sonreían como payasos en un circo. Se parecían a ella. Uno tenía su nariz y el otro sus ojos.

Repentinamente, la escena tuvo sonido. El mar batía contra las rocas, el viento silbaba entre las ramas del cerezo y los niños reían. Alguien los llamó. Era una mujer con un vestido color lavanda y una diadema con diamantes en la cabeza.

Ángel sintió la amargura de las lágrimas en la garganta.

–¡Fara! –se oyó gritar a sí misma.

La mujer le sonrió.

–Llega más lejos de lo que creas posible. No huyas y no renuncies al amor y al amor de los demás.

Todo desapareció, los niños, la mujer, el cerezo...

Ángel parpadeó y abrió los ojos. Las lágrimas le empañaron los ojos mientras se acostumbraba otra vez a la cabaña.

Sabía que la mujer de la visión era de su familia, como una figura maternal. El vínculo era indiscutible. Sabía que aquella tierra junto al mar era su tierra, pero aunque sentía felicidad y amor y proximidad hacia aquellas personas, su mente se resistía a saber la verdad y su cuerpo se resistía a que la capturaran y la devolvieran a su casa.

Se levantó con una fuerza que empezaba a descubrir y volvió a su trabajo.

Antes de volver a ninguna parte y de recordar cualquier cosa, tenía que conocer la vida allí. El tiempo era la respuesta para su pasado y su futuro. Tendría que conformarse con eso.

Cuando llegó Dan, el día estaba dejando paso a la noche y lo que una vez fue humo que salía por la ventana, en ese momento era un aroma delicioso.

Dan, después de dejar a Rancon en el establo, subió los escalones de la cabaña para encontrarse con la mujer que había ocupado sus pensamientos durante las últimas cuarenta y ocho horas.

Abrió la puerta, se paró y la vio sacar una fuente del horno. No se le ocurrió que la escena doméstica fuera extraña. Sin duda era porque ya no pensaba y solo sentía.

La miró de arriba abajo. Tenía el pelo recogido en lo alto de la cabeza y no llevaba maquillaje, pero estaba muy hermosa. Llevaba el mismo top que el día que se encontraron y uno de sus calzoncillos largos. Estaba descalza, las piernas eran larguísimas y las formas hipnotizadoras.

Se le hizo la boca agua.

–Has estado ocupada...

Ella dio un respingo, se volvió y sonrió al verlo.

–Bienvenido.

–Gracias. Me alegro de estar de vuelta –lo decía sinceramente.

Ángel se acercó impulsada por aquellos miembros arrebatadores y lo ayudó a quitarse la mochila.

–¿Has adivinado algo?

–No mucho. Tengo un amigo trabajando en el asunto y sabremos algo pronto.

Dan solo tenía suposiciones, aparte del hecho de que todo el mundo se tomaba la desaparición de Ángel con mucha discreción, sin novedades ni informes de personas desaparecidas que coincidieran con su descripción.

No quería abrumarla diciéndole a quién pertenecía el coche ni que el médico que la había visto el otro día lo había mirado con una cara muy rara cuando se cruzaron por la calle.

–¿Siguen en el pueblo esos hombres? –preguntó ella mientras vaciaba la mochila.

Dan vio que le temblaba la mano y sintió una necesidad casi insoportable de tomarla en brazos, pero se contuvo.

–Sí, siguen allí.

Seguían en el pueblo y haciendo preguntas. En realidad, se habían comportado de una forma bastante estúpida al dar por sentado que los habitantes de un pueblo pequeño no recordarían todo lo que habían dicho y se lo repetirían a cualquiera. Un pistolero le dijo a la farmacéutica que Ángel era su hija y el otro que era su sobrina. Eso, naturalmente, iba de boca en boca y acabó en los oídos de Dan.

Ángel lo miró.

–¿Vas a volver pronto al pueblo?

Él asintió con la cabeza.

–Dentro de un par de días.

Ángel esbozó una sonrisa. A Dan se le encogió el corazón. Era un cretino al reaccionar así a la sonrisa de una mujer.

Un par de días eran un respiro de los juegos de adivinanzas y las indagaciones. No podía hacer nada hasta que supiera el motivo de las matrículas que le llevaban hasta el gobernador. Sin embargo, un par de días también significaban la proximidad de aquella mujer.

–He hecho pasta con crema de setas –anunció Ángel orgullosamente.

Dan no pudo evitar una sonrisa.

–Huele de maravilla

Ella se inclinó hacia él.

–Y no se ha quemado nada –le susurró.

Él se rio aunque no quería hacerlo. Era demasiado adorable. Esa era la palabra exacta. Si no tenía cuidado, acabaría acostumbrándose a aquella escena y a ella.

–Y de postre... –señaló hacia la ventana como la presentadora de un concurso.

Dan se acercó y vio una tarta de aspecto increíble. La masa estaba dorada y las cerezas rebosaban el recipiente.

–¿La has hecho tú? –se volvió para mirarla.

Ella asintió con la cabeza y resplandeciente de orgullo.

–Es impresionante, Ángel. Has debido de trabajar...

–Todo el día de ayer y hoy. He necesitado tres intentos, pero, en este caso, a la cuarta fue la vencida.

Dan notó que la admiración se adueñaba de él. Nunca había conocido a nadie como ella en su desgraciada existencia. Era decidida, inteligente, apasionada, con los pies en la tierra y alegre. Casi todas las mujeres con las que había salido eran todo normas y medias verdades y unas pretenciosas.

Daba igual de dónde pensaba él que había llegado, aquella era una mujer sin falsedades que había trabajado dos días para hacerle la cena.

–Eres una mujer decidida.

Ángel sonrió tímidamente, pero le aguantó la mirada.

–Sí, lo soy.

El deseo lo dominó rápida y violentamente, pero se mantuvo tranquilo. Aunque no sabía cuánto tiempo aguantaría aquella ansia.

Ángel, con una sonrisa en los labios, fue al cajón y sacó un tenedor.

–Creo que puedes hacer cualquier cosa si te lo propones.

–Estoy de acuerdo.

–Y si lo quieres con suficientes ganas –añadió mientras se acercaba a él.

Las palabras lo acariciaron como si fueran de seda. Se sintió tenso y preparado para saltar, pero se mantuvo firme.

Ángel se pasó un mechón por detrás de la oreja y lo miró felinamente.

–¿Quieres probar la tarta?

A Dan se le alteró el pulso.

–¿Me ofreces una muestra, Ángel?

Ella pasó los dientes del tenedor por la tarta hasta que quedaron cubiertos por un poco de cereza y masa. No lo suficiente como para satisfacer, pero sí para tentar.

Él no separó los ojos de los de ella mientras se inclinaba, tomaba el tenedor entre los labios y observaba las palpitaciones desbocadas en la base del cuello de Ángel. Se apartó.

–Delicioso. Me gustaría poder darte un premio; una banda azul o algo así.

Ella le acarició el rostro con una sonrisa.

–Me conformaré con un beso a cambio.

Dan gruñó.

–¿Estás de broma? Eso sería un premio para mí.

Muy lentamente, Ángel se mordió el labio inferior. Fue un instante y seguramente no sabía que lo estaba haciendo, pero el gesto lo alteró por completo.

La tomó entre los brazos y la estrechó contra sí. La besó en la boca. Ella gimió y él cambió el ángulo de la cabeza para seguirla como ella lo seguía en una cadena de besos sin fin.

Ángel se apartó un centímetro y lo miró a la boca con la respiración entrecortada.

–¿Estás bien? –le preguntó Dan que no estaba seguro él mismo.

Ella asintió con la cabeza.

–Estoy segura de que tienes tanta hambre como yo.

–Ángel... no tienes ni idea.

Ella tomó aire con los labios rosados e hinchados por el beso.

–¿Por qué no te preparas para la cena?

–¿Puedo ayudar?

Ángel sonrió mientras lo veía entrar por la puerta quitándose una brizna de heno del establo de la camisa. ¿Que si podía ayudar...? Era una buena pregunta. Sobre todo cuando su cuerpo había estado bullendo durante toda la cena.

Sí, claro que podía ayudar. Podía librarla de tanta desdicha y sofocar la ebullición.

–Has tenido un día muy largo –le dijo ella mientras fregaba el último plato–. ¿Por qué no descansas un rato?

–Descansaré cuando descanses tú. ¿Qué puedo hacer?

–Puedes secar si quieres.

Se puso detrás de ella y le hizo cosquillas en la nuca con el aliento.

–La cena ha sido fantástica. Esa tarta...

–¿Te ha gustado?

–Era increíble.

Lo miró por encima del hombro.

–¿Sorprendido?

–Me sorprendes constantemente.

–¿Eso es bueno?

–Muy bueno –le rodeó la cintura con los brazos, metió las manos en el agua caliente y jabonosa y la tomó de las manos.

Ángel sintió que el vientre le ardía mientras entrelazaba los dedos con los de Dan.

–Creía que ibas a secar...

–Siempre se me han dado mejor las actividades acuáticas.

Agarraron la esponja entre los dos y la pasaron por la fuente.

Mientras, Dan le posó la boca en el cuello, lo besó y lo mordisqueó.

Ángel contuvo el aliento.

–Me encanta fregar así.

–A mí me encantas tú –le susurró al oído–. Estoy cansado de fingir que no te deseo. Estoy harto de buscar excusas y apartarme cuando las cosas se ponen demasiado ardientes. Dime que me deseas, Ángel. Dime que te gusta que te toque.

–Me gusta, me gusta.

Las piernas apenas la mantenían de pie y la cabeza era un embrollo. Tenía demasiadas cosas que decir. ¿Podía decirle en aquel momento que lo amaba y que ningún hombre le había tocado de aquella manera ni el corazón ni la carne?

Antes de que pudiera decir una palabra, las manos de Dan estaban sobre su abdomen y una humedad ardiente le acariciaba la piel. Dejo de pensar cuando subió las manos por el torso retirando la tela de algodón y dejando un rastro de agua con jabón que se deslizaba por su cuerpo.

Se le entrecortó la respiración cuando le tomó

los pechos entre las manos sobre la delicada tela del sujetador. Los pezones se le endurecieron y buscaron una salida entre sus dedos.

–Dan, quiero... –empezó a decir Ángel con la intención de expresarle lo que había despertado en ella.

Él se apretó contra ella y Ángel notó su erección contra la parte baja de la espalda.

–Dime, Ángel, ¿qué quieres?

Ángel luchaba por encontrar las palabras y Dan le levantó el sujetador y le tomó los pezones entre los dedos mojados.

–¿Te gusta esto?

–Sí –la palabra brotó como un gemido.

Ángel apoyó la cabeza en el hombro de Dan y dejó caer las manos a los costados.

Dan inclinó la cabeza para deleitarse con su boca mientras seguía pellizcando los pezones endurecidos.

Le estaba pasando algo en lo más profundo de su vientre. Era una palpitación tan violenta y desconocida que casi la asustaba.

Dan, como si conociera su ansia, bajó la mano por el vientre, la introdujo debajo de la ropa interior de algodón y buscó un lugar que ella casi desconocía.

–Unos calzoncillos muy bonitos –le susurró.

–Son tuyos.

–Lo sé.

–Pensé que no te importaría.

–No me importa.

Dan la encontró húmeda y ardiente y dejó escapar un sonido áspero que procedía de lo más profundo de su garganta sin separar los labios de los de ella.

–Quiero entrar dentro de ti.

El instinto la impulsó. El anhelo la impulsó. No

le importaba resultar imprudente. Puso la mano sobre la de él por encima de los calzoncillos y le apretó los dedos hasta que se abrieron paso por su entrada.

–¿Ahí?

Una maldición surgió vacilantemente de los labios de Dan.

–Sí, ahí. Donde está húmedo y ardiente y... –metió un dedo dentro de ella–... y tan cerrado.

Ella contuvo la respiración.

Dan la miró con los ojos muy oscuros.

–¿Quieres esto?

–Te quiero a ti.

–¿Estás segura?

–Sí.

–Entonces, ven conmigo.

La tomó en brazos y llegó al dormitorio casi de un salto, pero una vez allí la dejó sobre la cama con mucha delicadeza.

La luz de la luna bañaba la habitación y ella lo vio dirigirse a la mochila de cuero negro que había sobre la cómoda y sacar un envoltorio.

Ángel, que se estremecía de deseo, lo observó mientras volvía hacia la cama y lo miró a los ojos; eran los ojos de un hombre fuera de sí.

–¿Qué pasa?

–He intentado evitarlo por todos los medios.

–Lo sé.

–He intentado evitarlo por muchos motivos. No sabes quién eres, ni de dónde vienes, ni lo que deseabas antes de entrar en esta cabaña.

–Tienes razón –se quitó el top, se desabrochó el sujetador y lo tiró al suelo–, pero sé lo que quiero ahora.

Estaba desnuda de cintura para arriba, pero él no apartó la mirada de sus ojos.

–¿Te parece suficiente, Ángel?

–Más que suficiente –esa noche, en esa habitación, no había lugar para la vergüenza o la timidez. Metió los pulgares en la cinturilla de los calzoncillos–. Necesito tu ayuda.

Los dos captaron el doble sentido de aquellas palabras. Tampoco podían negarse que tenían unas vidas propias y unos deseos y necesidades apremiantes. Intentarlo, podía llevarlos al borde de la locura.

Dan, con los ojos rebosantes de deseo, le quitó los calzoncillos y se desnudó en menos de cinco segundos. Luego, se quedó de pie junto a la cama y la miró.

–Eres peligrosamente hermosa, Ángel.

Ella le recorrió todo el cuerpo con la mirada. Aquellos rasgos toscos e irresistibles, aquel torso musculoso, el abdomen como una tabla de lavar, bajó la mirada y se ruborizó.

–Tú también lo eres.

Dan sonrió diabólicamente.

Ella abrió los brazos.

–Ven aquí.

El colchón se hundió bajo su peso. Ángel se estremecía y él se puso sobre ella, bajó la cabeza y le lamió un pecho. Ángel suspiró. Dan trazó pequeños círculos con la lengua hasta llegar al centro, a la cúspide.

Ángel dejó escapar un grito que retumbó en toda la habitación. Él succionó y mordisqueó. La sensación era tan deslumbrantemente maravillosa que estuvo a punto de caerse de la cama.

Dan la retuvo contra sí.

Ángel gemía y tenía un arco iris en la cabeza mientras lo buscaba con las manos. Hasta que lo encontró duro y abrasador.

Dan tenía la mirada clavada en la de ella con las mandíbulas apretadas y la frente brillante por el sudor y mientras se miraban se endurecía todavía más en la mano de ella.

Dan se puso el preservativo y Ángel le rodeó la cintura con las piernas y el cuello con los brazos.

Dan tenía los ojos al rojo vivo.

–¿Estás preparada?

–Estoy preparada desde la primera noche que llegué aquí.

La besó delicadamente en la boca y entró en ella. Se quedó helado cuando ella jadeó y gritó.

Ángel sintió que se le contraían los músculos y que una ligera quemadura le recorría el cuerpo.

Dan soltó una maldición, levantó la cabeza y la atravesó con la mirada mientras su erección entraba en ella.

–Ángel...

–Nunca había estado con un hombre.

–¿Lo sabías?

–Lo sospechaba.

–Ángel...

La angustia que vio en los ojos de Dan hizo que se separara un poco.

–Dan, por favor, no salgas.

Él gruñó de anhelo.

–No puedo salir. No sé por qué, ni quiero saberlo.

–Yo tampoco quiero saberlo.

–¿Te he hecho daño?

–No –arqueó las caderas para demostrarle que no le dolía, sintió un estremecimiento maravilloso y suspiró–. Solo siento ardor y deseo.

El brillo diabólico volvió a los ojos de Dan.

–Lo quiero todo.

Se movió lentamente dentro de ella y se abrió paso cada vez más dentro. La observaba para notar cualquier resquicio de dolor y la escuchaba mientras le suplicaba más.

No había dolor alguno, solo un placer devastador mientras levantaba y bajaba las caderas, lo tomaba plenamente y lo apremiaba para que se moviera más deprisa y la librara de aquel tormento tan delicioso. El cuerpo de Ángel entonaba una melodía de amor absoluto y la sangre le recorría todo el cuerpo como lava incandescente. Se preguntó fugazmente si se podría retener aquel momento.

Repentinamente, sintió unas descargas eléctricas en todo el cuerpo. Ansiosa por llegar al centro de ellas, levantó las caderas con los músculos en tensión y los puños aferrados a las sábanas.

Sintió que la mente se le abría cuando el aullido del orgasmo le recorrió todo el cuerpo y Dan la siguió al otro lado de aquel abismo sin fin.

Toda la memoria se derramó sobre ella como un diluvio torrencial.

Capítulo Nueve

No se llamaba Ángel.

Se llamaba Cathy.

Su Alteza Real Catherine Olivia Ann Thorne, princesa de Llandaron.

El corazón le martilleaba el pecho mientras se estrechaba contra el hombre que amaba y el pasado la arrollaba como una ola amenazadora.

Se acordaba de todo.

Las piezas iban encajando en su cerebro mientras Dan se echó a un lado llevándola consigo y el cuerpo se le serenaba, aunque todavía sintiera la tensión del anhelo. Tenía los ojos cerrados y la frente, ligeramente amoratada, contra la frente de Dan. Podía ver su infancia dichosa, sus preciosas habitaciones en el palacio, oía los dulces susurros de su madre y veía los ojos de su padre. También estaban sus hermanos Alex y Maxim, que la adoraban y protegían; su tío honorario y veterinario del pueblo, Ranen Turk y su querida madre suplente, la tía Fara.

Tenía el pulso alterado. Los quería mucho a todos, los echaba de menos una barbaridad, pero no tenía ganas de volver a casa. ¿Por qué?

Le dominaba la curiosidad mientras buscaba más respuestas en los recovecos de su memoria.

Seguía unida de la forma más íntima con las piernas rodeando la cintura de Dan. Cathy se estrechó contra él. Él le rodeó la cintura con los brazos y la apretó con fuerza como si supiera que ella necesitaba su apoyo. Comprendió que era imposible, pero aquel poderoso brazo alrededor de ella y aquellos latidos del corazón, rítmicos y potentes, hacían que sintiera menos angustia y que temiera menos a los recuerdos.

Vio su último día en el castillo; se vio a sí misma en la fiesta de bienvenida a Maxim y Fran.

Fran... La única persona que conocía su secreto. Tenía que estar preocupada. Cathy le había prometido que la llamaría cada tres días. No le extrañaba que hubiera gente buscándola.

Se le cayó el corazón a los pies. La pesadilla. Los hombres que la perseguían eran sus guardaespaldas. Los habían enviado para que la encontraran y la devolvieran a casa. Para que la devolvieran a aquella vida entregada al deber. Una vida que no era una vida en absoluto.

–¿Te pasa algo, Ángel?

Sintió que se derretía al oír el nombre y ante el hombre peligroso y maravilloso que lo había pronunciado.

–No.

Él le mordisqueó el cuello y le pasó la lengua por el lugar donde el pulso golpeaba con más fuerza. Ella sintió un estremecimiento de placer seguido por un remordimiento atroz. Sabía lo que tenía que hacer en aquel instante. Nada de gemidos ni de apretar las caderas contra él, como ella quería. Tenía que mirarlo a los ojos y decirle quién era y de quién estaba protegiéndola.

Sin embargo, perdió la entereza cuando él la besó en los labios y ella abrió los ojos y se encontró con los de él.

El peligroso Dan Mason era un servidor de la ley. La había vuelto a llevar a la cabaña por un motivo: para mantenerla a salvo mientras descubría quién era ella y quién la perseguía. Cuando supiera que había recuperado la memoria y que no corría ningún peligro, le mandaría hacer las maletas.

Perdió el ánimo. La devolvería a la vida que le hacía completamente desgraciada.

Se preguntó si cuando huyó de Llandaron solo ansiaba la tranquilidad o si también buscaba una vida donde hacer sus elecciones.

Dentro de dos días, Dan volvería al pueblo y se enteraría de todo por sus propios medios. ¿Por qué iba a acelerarlo todo ella y perderlo antes de tiempo? ¿Por qué no iba a elegir seguir su corazón y aprovechar aquellos dos días?

El sentido del honor se abrió paso entre las preguntas. ¿Qué pasaba con la elección de Dan?

Sentía una punzada de dolor en el corazón, pero hizo lo único que era justo.

–Dan, hay algo que yo...

–Te pasa algo –le acarició el rostro con el dorso de la mano.

Ángel se derritió con la caricia.

–Ángel... ¿Qué te pasa?

«Sigue llamándome así» le suplicó para sus adentros. «A lo mejor consigues que me olvide de quién soy».

–No me pasa nada.

–¿Estás segura?

Ella asintió con la cabeza.

–Estoy bien. Es que...

–¿Bien? –sonrió, se levantó un instante, se puso otro preservativo, volvió a la cama y la puso encima de él–. No basta con estar bien.

Ángel sonrió sin entusiasmo. Había interpretado mal su falta de expresividad.

–No me refería... ¡Oh, Dan! Ha estado mucho mejor que bien. Ha sido maravilloso, como si no fuera de este mundo. Nunca pensé que pudiera sentir algo parecido.

Dan atrajo la cabeza de Ángel hacia sí y le rozó los labios con los suyos.

–Hay mucho más, Ángel.

Ángel cerró los ojos un instante y rezó mentalmente para que fuera verdad.

Él la observó.

–Algo te ronda por la cabeza.

–Sí.

–Dímelo.

La verdad esperaba su turno en la punta de la lengua como un pequeño ángel de maldad.

–Quiero... quiero...

Las palabras salieron porque ella lo permitió, porque fue cobarde.

Dan esbozó una sonrisa resplandeciente.

–No te avergüences, Ángel. Yo también te deseo otra vez –la levantó y la colocó sobre su erección–. Todo el día y toda la noche.

Ángel lo sintió dentro, cada vez más duro y más grande. Lo miró a los ojos y volvió a intentarlo.

–Dan, de verdad, tengo que...

Fue demasiado tarde. Las palabras se esfumaron cuando él la agarró de las caderas y la inclino hacia delante con suavidad.

–¿Te hago daño?

–No –gimió con los músculos tensándose alrededor de él.

–Déjame que te dé lo que necesitas, Ángel.

La luz de la luna entraba como una cascada por la ventana y al ambiente se llenaba del aroma del amor. Ángel miró los ojos de su amante que estaban del color del chocolate derretido mientras la llevaba hacia delante y atrás.

–Dan...

No sabía por qué suplicaba.

–Toma todo lo que quieras, mi amor.

Ángel se dio por vencida. Tomó las manos de Dan y se las restregó por los pechos.

Se lo diría al día siguiente.

Empezó a moverse, a cimbrarse, a balancear las caderas al ritmo de sus embestidas y volvió a sentir la melodía en su interior. Ángel amasaba los músculos de Dan con sus manos y oía el susurro del orgasmo en los oídos.

Él jugueteaba con los pezones de Ángel y le decía lo hermosa que era. Ella dejó escapar el grito de satisfacción apasionado que le oprimía la garganta y lo cabalgó hasta el clímax devastador.

Si hubiera hecho lo que no debía, el diablo podía llevárselo al fuego eterno.

La luz del amanecer se deslizó furtivamente en la habitación y Ángel dormía a su lado. Los rizos color caoba le cubrían los blanquísimos hombros y parecía el ángel voluptuoso que era. Estaba acurrucada en el pliegue de su brazo y tenía una pierna sobre sus muslos como una muestra de su posesión.

Sintió una punzada ardiente, pero la sofocó. Una mirada o un roce y sabía que habría sucumbido. ¿Cómo había ocurrido? ¿Cómo había conseguido que él volviera a sentir algo?

Quizá fuera porque ella le había dado mucho o porque se había entregado plenamente.

La noche anterior le había entregado su virginidad. A la brillante luz del día, tendría que sentirse como un sinvergüenza por haber tomado algo que no le correspondía. Sin embargo, no se sentía así. Se sentía honrado porque ella le hubiera dado un presente tan preciado.

Honrado y ansioso de más.

Sin embargo, le quedaba poco tiempo para saciar esa ansia. Iba a volver al pueblo para enterarse de la historia y cuando supiera su identidad, cuando estuviera seguro de que no corría ningún peligro, tendrían que tomar caminos separados. Era evidente que pertenecían a mundos muy distintos. Ella estaba muy viva y él... bueno el jurado seguía deliberando y hasta que no emitieran un veredicto no podía querer nada más que lo físico.

Además, no se merecía una mujer como ella. Si fuese juicioso, se vestiría y bajaría al pueblo en aquel preciso instante para saber si Jack tenía alguna información.

A su lado, Ángel suspiró, se estiró y le rozó la erección con la pierna al levantarla.

Dan gruñó. La información podía esperar.

Ángel le encontró la oreja con los labios.

–¿Estás despierto? –le susurró.

–Penosamente despierto.

Ángel le lamió el borde de la oreja.

–Yo sé cómo acabar con tu desdicha.

–La pistola está en el cajón –murmuró presa de un ardor sofocante.

–No, sheriff, no estaba pensando en eso.

La risa ronca en su oreja hizo que se pusiera duro y completamente fuera de sí.

–¿Qué estabas pensando, Ángel?

Su delicada mano le recorrió el pecho y el abdomen se tensó con el roce de las uñas. Contuvo el aliento cuando ella lo encontró, lo tomó con la mano y lo acarició mientras le daba besos leves como mariposas en el cuello.

–Tienes una mano muy perversa para ser un ángel –farfulló Dan entre dientes.

Las caricias divinas pasaron a ser arrebatadoras.

–Empiezo a sospechar que no estás muy acostumbrado a estar de espaldas, sheriff... –la voz seguía siendo ronca y burlona.

Aceleró las caricias hasta ser febriles.

–También sospecho que no estás acostumbrado a perder completamente el control.

Ella veía mucho, demasiado.

–No, no lo estoy –la tumbó de espaldas en cuestión de segundos–. ¿Alguna objeción?

Ella se abrió con una sonrisa tierna y delicada en los labios.

–Ninguna.

Dan abrió un envoltorio con dedos temblorosos y se puso el preservativo.

Todavía le quedaba algo de control.

Fue lo último que pensó antes de entrar en ella.

–No sabía que fueras un romántico, Dan Mason.

–No lo soy.

–Entonces, ¿cómo explicas lo de la comida a la orilla del río?

–Es solo una comida.

Cathy se rio porque sabía que su actitud hosca era puro fingimiento. Al fin y al cabo, la había llevado allí, a ese sitio tan hermoso y romántico. Era como una cita.

–No puedes engañarme, sheriff. Serás un servidor de la ley duro, grande y malo, pero yo conozco perfectamente el lado sensible que ocultas.

Dan se la comió con la mirada.

–Y yo conozco perfectamente el tuyo.

Ella sonrió.

–Eres un orador maravilloso.

Dan entrecerró los ojos.

–Tú eres simplemente maravillosa. Sobre todo ese lugar entre tus...

–¿Dedos de los pies?

Un brillo burlón iluminó los ojos de Dan.

–Claro. Están los dedos de los pies, los pechos,

los labios, las mejillas, pero yo me refería a esa curva deliciosa y tan suave entre tus...

–Para, para –gritó ella entre risas.

Desde luego, no había nada como un cara a cara sexual entre álamos y pinos bajo el cielo de Wedgwood. Sobre todo si el cara a cara era con el hombre más arrebatador del mundo.

Hacía veinte minutos, Cathy había reprimido la necesidad de decirle todo sobre la recuperación de su memoria y había aceptado la invitación a comer junto al río.

No podía imaginarse un sitio mejor para comer y para el amor. La curva de la ladera solo estaba a unos minutos de la cabaña y la sombra refrescaba la hierba mientras escuchaban los melodiosos cantos de los pájaros y el suave roce del agua contra la orilla.

Dan se metió un montón de pasas en la boca.

–¿Sabes una cosa? Tengo que reconocer que me ha gustado que me llamaras duro, grande y malo.

–¿Qué te parece peligroso?

–Mejor todavía.

–Supongo que eres peligroso –se apoyó contra el tronco de un álamo–. ¿Te gusta ser sheriff?

–Unos días más y otros menos.

–Capturas delincuentes, ¿verdad?

–Fugitivos –le corrigió antes de encogerse de hombros–. Aunque supongo que eso les convierte en delincuentes.

–¿Has matado alguna vez a alguno?

Ángel no sabía por qué le había hecho esa pregunta, pero sí sabía que no había podido contener las palabras.

Dan la miró como si la estuviera analizando.

–¿Por qué lo has preguntado?

–He pensado que estábamos haciendo preguntas para conocernos.

Dan volvió a dejar las pasas en el cuenco.

–Me parece que no es un juego muy justo.

–¿Qué quieres decir?

–Tú no puedes decirme nada de tú pasado, pero yo tengo que compartir el mío.

Ángel sintió que el remordimiento la corroía. Si hubiera tenido agallas, se lo habría dicho en aquel instante, habría clavado una espina a ese día maravilloso. Pero no tenía agallas, solo amor y deseos.

–No tienes que compartir nada que no quieras compartir, Dan.

No era exactamente lo que sentía, pero por lo menos era justo.

Dan resopló y se tumbó en la manta con la cabeza debajo de las manos.

–No he matado a nadie, ¿de acuerdo? Al menos directamente –añadió en un susurro.

Ella lo había oído perfectamente.

–¿Al menos directamente?

–Así es.

–¿Qué demonios quieres decir?

–Nada. No se infringió ninguna ley. Nada.

La curiosidad era superior a sus fuerzas, pero no abrió la boca. Podía adivinar por el gesto de su rostro que no se estaba inventando nada.

Le daba igual. No le importaba lo que hubiera hecho en el pasado. No tenían que revelar retazos de una vida que importaba poco en el esquema de las cosas. Ella no le presionaría y él no le presionaría a ella.

Recurrió a una treta femenina para levantar el ánimo.

–¿Todavía tienes hambre?

–No de pasas.

–¿Te apetece un emparedado?

–Sí. Perfecto.

–Toma la mitad del mío.

Dan se apoyó en los codos, agarró el emparedado que le pasó Ángel, lo partió por la mitad y devoró su parte en unos cinco segundos.

Ángel sonrió abiertamente.

–Creo que también deberías comerte la otra mitad.

–Gracias.

–Ha sido un placer.

–Bueno, eso es lo que quiero –la miró con ojos burlones–. Tu placer.

Ella sonrió tímidamente.

–Cómete el emparedado, sheriff.

–Sí, señora. Por cierto, este no es un emparedado cualquiera, es un BLT. Me encantan. De niño no comía otra cosa.

–Es por el beicon. Combina con todo.

Dan se rio.

–Tienes razón.

–A mí me encantaba la mantequilla de cacahuetes y la miel. Nunca me cansaba de comerlas. Mi hermano... –se calló bruscamente al darse cuenta de lo que había dicho.

Dan la miró fijamente.

–¿De dónde has sacado eso?

–Me ha salido... –consiguió decir Ángel con el corazón en la garganta.

–¿Tienes un hermano?

–Eso parece.

–¿Recuerdas algo más?

Ángel se sintió como si estuviera flotando, como si la cabeza y el corazón estuvieran cada uno por su lado. ¿Si recordaba algo más? Menuda pregunta. Su frase siguiente podía decidir su futuro inmediato con el hombre que amaba.

El corazón le latía sin orden ni sentido mientras miraba a los ojos de Dan.

–No, no recuerdo nada más.

Algo cruzó por el rostro de Dan. Quizá se lo hubiera imaginado, pero habría jurado que parecía aliviado.

Cathy tomó una botella de agua y dio un sorbo.

–Hace calor –comentó mientras retrocedía hacia la sombra del árbol.

–Puedes quitarte el top. No hay nadie.

Ella intentó parecer sorprendida, aunque se sentía agradecida porque volviera al tono de intimidad y comodidad.

–¿Qué me dices de los animales?

–Si ellos pueden ir desnudos, tú también.

–¿Y tú?

Dan sonrió.

–A mí no me importa desnudarme entre los animales del bosque.

–No –Ángel se rio–. Me refiero a que me veas.

–Yo estaría encantado.

Ángel volvió a reírse y sintió una profunda atracción.

–¿Crees que el strip-tease está incluido en la comida?

–No, en la comida, no. Quizá en los postres.

–Pero he traído galletas de limón...

Dan se sentó con una sonrisa.

–Prefiero la piel.

Una sombra rosada se adueñó de las mejillas de Ángel. En su pasado no había momentos alocados como ese. Solo había equilibrio, soledad y deseos insatisfechos. Nunca se había desnudado delante de un hombre, hasta hacerlo con Dan, nunca había sentido la necesidad de mostrar su cuerpo ni su interior a un hombre.

Pero con él y para él, ella era una mujer distinta. Era Ángel.

Se levantó y se quitó la camisa sin desabotonarla.

–¿Querías algo así de postre?

Dan se quedó con los ojos clavados en sus pechos desnudos y con los puños aferrados a la manta.

–Carnosos, delicados y muy apetecibles.

Ángel se estremeció y notó que se le endurecían los pezones bajo su mirada.

–Pero solo hay una forma de saberlo, Ángel.

Ella miró hacia el río.

–El agua parece fría.

–¿Qué estás pensando?

Ella sonrió con timidez.

–¿Un baño?

–¿Nadie te ha dicho que es peligroso bañarse después de comer?

–Tengo alguien para protegerme...

Dan se levantó y se quedó a unos centímetros de ella. La camisa le rozaba los pezones.

–Tendré que estar muy cerca.

–¿En contacto?

–Exactamente.

Dan le bajó los calzoncillos largos que ella usaba de pantalones, los que cada vez usaba más.

La brisa le acarició la piel ardiente y Ángel deseó arrojarse en sus brazos, pero había que hacer muchas cosas antes.

Precipitadamente, empezó a desabotonarle la camisa y acabó arrancándosela cuando se sintió desesperada. Con un par de tirones le bajó los vaqueros y al cabo de unos segundos, Dan y ella estaban en la orilla del río.

La corriente les bañaba las pantorrillas. Dan la puso de espaldas sobre la resbaladiza roca para que las caderas quedaran flotando. El agua se arremolinaba alrededor de ella y tenía el mismo efecto que una droga.

Ángel lo quería dentro de ella, pero Dan tenía otras ideas.

–Estira las piernas, Ángel.

Ángel obedeció llena de excitación. El río pasaba sobre su cuerpo a la vez que sentía el cálido abrazo del sol. Dan le tomó las caderas entre las manos, bajó la cabeza y le besó los rizos que tenía entre los muslos.

–Eres una preciosidad.

La abrió con la lengua y le dedicó la boca.

Cathy jadeaba con la cabeza caída hacia atrás y los leves gemidos de anhelo atravesaron el bosque, descendieron río abajo y subieron a lo más alto de las montañas.

–Qué hermosa eres, Ángel.

–Dan...

–Mira, Ángel.

Ella levantó la cabeza. La erótica escena que vio la excitó hasta casi hacerle perder el sentido. Dan estaba desnudo y metido en el agua con la cabeza entre sus muslos, con la lengua abriéndose camino en busca de su esencia.

Cuando la encontró, Ángel gritó y contrajo los músculos.

Ángel se desbordaba de deseo por la presión de su boca y el incesante movimiento de la lengua.

Volvió a dejar caer la cabeza y el agua le alivió la piel ardiente.

Dan le sujetaba firmemente las caderas, la llevaba al límite y le lamía lo más palpitante de su ser. Hasta que se quedó rígida y soltó un grito liberador que solo oyeron los bosques, las montañas y su amor.

Capítulo Diez

Dan se despertó sobresaltado, se soltó de Ángel y alcanzó la pistola.

No tenía ningunas ganas de abandonar su calidez, su suavidad y su desnudez, pero había oído algo que se movía fuera. Seguro que era un animal, pero no iba a correr riesgos.

Se levantó de la cama y solo se puso unos vaqueros. Vio que el reloj de la cocina marcaba las diez en punto de la noche.

Lanzó una mirada fugaz a su bella durmiente. El tiempo volaba cuando estaban juntos y nunca le parecía suficiente.

Se dirigió hacia la puerta preguntándose si alguna vez sería suficiente.

Salió y notó el aire fresco con olor a pino. Llevaba la pistola en alto, los ojos bien abiertos y la cabeza inclinada para escuchar el chasquido de una rama, el crujido de unas hojas o quizá un par de voces con acento extranjero.

Tenía los músculos en tensión, los sentidos aguzados y la mente despierta. Escrutó en la oscuridad y se juró que si alguien se acercaba a menos de cuatro metros, se ocuparía de ellos sin ningún problema.

No había nadie en el pequeño patio delantero. Solo se oía la incesante cháchara de los grillos, el ligero relincho del caballo en el establo y el rumor de las hojas arrastradas por el viento.

Sin embargo, no bajó el arma.

Si hubiera estado solo y hubiera oído un ruido, habría entrado en la oscuridad, habría seguido el rastro del ruido y habría resuelto el asunto.

Sin embargo, no estaba solo y no iba a abandonar el porche.

No iba a abandonar a Ángel.

Le preocupó aquella necesidad apremiante de protegerla. Aunque también era verdad que era un protector por naturaleza y profesión. Tenía el instinto desde siempre, pero desde que ella había aparecido en su vida y lo había mirado a los ojos para derretirle las entrañas, el instinto de protección había superado todos los límites.

Sentía algo profundo por la mujer que estaba en su cama, una de esas cosas tiernas de las que no hablan los hombres. Sobre todo cuando ella no iba a quedarse cerca durante mucho tiempo.

Una punzada gélida, amarga y afilada le atravesó el corazón. Tendría que acostumbrarse.

Sin embargo, iba a cerciorarse de que ella se marchara sana y salva cuando llegase el momento.

–¿Dan...?

Dan apretó el arma con fuerza. Siempre la había oído o la había sentido cuando se acercaba a él de aquella forma tan discreta.

Pero esa noche no lo hizo.

Estaba perdiendo facultades.

Se volvió bruscamente. Ella estaba en el porche, descalza, con los rizos sobre los hombros y la piel resplandeciente. Llevaba puesta una camiseta suya; solo la camiseta. El algodón azul llegaba justo por debajo de aquel punto tan dulce que había saboreado en el río y que estaba tan caliente en el agua fría. Notó un hormigueo en el vientre.

–Vuelve dentro, Ángel.

Ella miró la pistola que tenía en la mano.

–¿Qué pasa? ¿Qué haces con eso?

–He oído ruidos.

–Seguramente sea un animal.

–Seguramente, pero no voy a correr riesgos –señaló la puerta de la cabaña–. Por favor, vuelve dentro.

–No lo haré sin ti.

–¿Por qué eres tan cabezota? Solo intento mantenerte sana y salva.

–No quiero que nadie resulte herido.

Dan desvió la mirada de la arrebatadora mujer al bosque y luego volvió a mirarla.

–¿Ni siquiera esos pistoleros que te persiguen?

Ella palideció.

–¿Crees que han podido encontrarnos aquí arriba?

–Solo sé una cosa. Si un hombre quiere algo con suficientes ganas, no parará hasta conseguirlo.

Se miraron a los ojos durante una fracción de segundo cargada de sensualidad. ¿Cómo había podido suceder? Se preguntó Dan con la frente fruncida. ¿Cómo había quedado cautivo entre la necesidad de poseerla y de protegerla?

–Dudo que estén por aquí –dijo Dan–, pero ya te he dicho que no voy a correr riesgos.

–¿Te das cuenta de que ni siquiera sabemos por qué me persiguen?

Dan la miró con los ojos entrecerrados y la pistola apuntando al bosque.

–¿Qué quieres decir con eso?

–Nada. Solo quiero ser prudente.

–Y tranquila.

–¿Cómo?

–¿Por qué estás tan tranquila? Estabas nerviosísima cuando te enteraste de que esos hombres te perseguían –inclinó la cabeza para verle mejor los ojos–. ¿Hay algo que yo no comparta?

Ángel lo miró de arriba abajo para aliviar la tensión que había brotado entre ellos.

–La cama es lo único que no compartes en este momento, sheriff.

Dan sacudió la cabeza, bajó el arma y sintió que el deseo le corría por todas las venas. Quizá estuviera demasiado tenso. Quizá oyera y notara cosas que no tenían importancia en circunstancias normales.

–En cuanto a estar tranquila... –continuó Ángel con una mirada seductora y una sonrisa–. Después de la tarde que hemos pasado...

Dan sonrió.

–Es verdad.

–La verdad es que cuando estoy contigo tengo la sensación de que nadie puede entrar en este pequeño mundo perfecto.

–Ángel...

Dan suspiró. Lo había llamado un mundo perfecto.

Quiso decirle que ningún mundo era perfecto. Ni mucho menos. Quiso recordarle que no tenía pasado, que solo tenía un futuro incierto, dos canallas pegados a sus talones y un idiota que no sabía si echar a correr o seguir sus sentimientos.

Sin embargo, en aquel momento, mirando a aquellos ojos color violeta y rebosantes de deseo, lo que menos le apetecía era tener una conversación.

Ángel le alargó una mano.

–Baja la pistola y vuelve a la cama. Te echo de menos.

Las palabras lo cubrieron como si fueran miel. Se acercó a ella con la pistola en el costado y dispuesto a besar aquellos labios separados.

Sin embargo, apenas había dado un paso cuando oyó el chasquido de un palo a sus espaldas y algo que se movía entre la maleza. Dan se giró apuntando con la pistola y el dedo en el gatillo.

–¡Alto! –bramó.

Ángel tragó saliva.

Dan vio que una familia de conejos se paraba, los miraba y echaba a correr para esconderse en el bosque.

Dan soltó una maldición y se metió la pistola en el cinturón.

–Estoy volviéndome loco.

–No –Dan notó su calor antes de notar sus brazos alrededor del cuello–. No estás loco. Eres un protector maravilloso.

–Casi liquido una familia de conejos, Ángel.

–Pero no lo has hecho. No lo habrías hecho, lo sé.

Dan se dio la vuelta, le rodeó la cintura con el brazo y la atrajo hacia sí. Ella estaba un escalón más alta que él y Dan apoyó la cabeza en su pecho. Nunca lo reconocería en voz alta, pero ella le daba seguridad. Quién lo diría...

Dan notó un escalofrío en Ángel.

–Tienes frío.

–Estoy bien.

–¿Solo bien otra vez?

Ángel se rio suavemente.

–Bueno, sé de un sitio donde puedo entrar en calor.

Dan la miró.

–¿Sí? ¿Dónde?

Ángel hizo un gestor seductor con los labios, le tomó las manos y las llevó a su trasero.

–Si realmente quieres capturar a alguien...

Dan seguía con los sentidos aguzados, pero su mente se negaba a pensar en cualquier cosa que no fuera ella. Eso era lo que siempre le había advertido su jefe. No podía mezclarse demasiado en un asunto y Ángel era su asunto, tenía que serlo.

–Llévame a la cama, Dan.

Pronto, la realidad los arrollaría, pero no sería esa noche.

–El sheriff está a sus órdenes, señora.

Dan bajó la cabeza, montó a Ángel en sus hombros y la llevó dentro entre las risas de ella.

–Pobre Rancon que tiene que cargar con dos personas.

–Créeme, Ángel, después de tanto tiempo encerrado en el establo, está deseando hacer ejercicio. Además, es bueno para su pata.

El caballo relinchó como si confirmara las palabras de su dueño y mantuvo su paso firme por el estrecho sendero de montaña.

–Agárrate con más fuerza, Ángel.

Cathy apretó los brazos alrededor de la cintura de Dan y estrechó los pechos contra su espalda.

–Sí, señor.

–¿Señor? Me gusta.

Ángel pudo oír la sonrisa de Dan por encima del rítmico sonido de los cascos de Rancon.

–Entonces, no lo repetiré –bromeó ella.

–¿Por qué?

–Ya te gustas bastante.

Dan la miró por encima del hombro con unos ojos penetrantes.

–Preferiría gustarte a ti.

Ángel se sintió rebosante de felicidad y cariño. Era la combinación que recorría sus venas cada vez que la miraba con aquellos ojos ardientes.

–Podemos volver a la cabaña.

–Todavía no –Dan le esbozó una sonrisa plena de insinuaciones y volvió a mirar hacia delante–.

Paciencia, Ángel. Primero una cabalgada y luego otra.

Cathy fingió escandalizarse.

–Qué cosas dices.

–Me sé muchas más...

–Estoy segura de ello. ¿Dónde has aprendido esas vulgaridades?

–Los chicos de la comisaría. Son una influencia nefasta para mí. Ya sabes... Pensamientos impuros para una mente pura y todo eso.

–Es una vergüenza.

Ángel sonrió y contuvo la risa.

–Pero no son malos chicos.

–¿No?

–Son más decentes cuando están con sus mujeres y sus hijos.

–Me alegro de saberlo.

Por un momento, solo se oía la naturaleza y a Rancon, naturalmente. Le encantaba cabalgar y lo había hecho casi toda su vida, pero hacerlo con Dan era algo completamente distinto.

Las nubes cruzaban por delante del sol y dejaban un aire fresco a su paso. La atmósfera inestable parecía la propicia para la pregunta de Dan.

–¿Crees que tienes hijos? No biológicos, claro, pero quizá adoptados.

Rancon pasó por encima de un tronco caído y a ella se le hundió el corazón. Primero, porque siempre había soñado con tener muchos hijos, pero sin un marido ni la posibilidad de tenerlo, tuvo que desechar el sueño y segundo, por un motivo completamente nuevo. Vio mentalmente un hijo con los ojos color violeta de su madre y la barbilla firme y el valor de su padre.

–No, creo que no tengo hijos. ¿Tú crees que tienes una mujer?

–No –respondió Dan con tono de burla.

–No eres de los que se casan, ¿verdad?

–No lo había pensado, pero una vez estuve comprometido.

Ángel dejó escapar una exclamación. Ese hombre nunca dejaría de sorprenderla.

–¿De verdad?

–Sí.

–¿Hace cuánto tiempo?

–Cuatro años.

Percibió cierta tensión en el tono, pero no hizo la ristra de preguntas que se le amontonaban en la punta de la lengua. Pensó que las respuestas podían resultarle demasiado penosas y darle unos celos terribles o, lo que era peor, hacer que todavía se encariñara más de él.

–¿Quisiste tener hijos? ¿Quieres tener hijos?

El cambio de dirección no estaba exento de sentimientos, pero era un mal menor.

–Me encantan los niños. Son maravillosos –respondió Dan esquivamente.

–A eso se le llama quitarse el muerto de encima.

Dan resopló con fuerza.

–Tal y como me críe... No era el modelo perfecto para adquirir instintos paternales.

–Supongo que ninguna casa es perfecta.

Más nubes algodonosas con ribetes grises cubrían la luz del sol.

–Ningún niño se merece a un padre como yo.

–Dan, ese eso ridi...

–En serio, Ángel. Me dedico a capturar fugitivos para ganarme la vida, llevo un arma semiautomática y paso fuera cuatro días de cada siete.

–Ese es tu trabajo, no eres tú.

–Somos exactamente lo mismo. No quiero verme atado y civilizado.

Se levantó una racha de viento que llevaba algunas gotas de una posible tormenta.

–¿Por lo que pasó hace cuatro años?

–Por lo que soy ahora.

–¿Qué eres, Dan?

–Soy un solitario y un ser insoportable –gruñó–. Maldita sea, Ángel. Sabes que detesto estos interrogatorios. Sobre todo cuando tú no puedes darme nada a cambio.

Ella no se arrugó por su descontento, sino porque le recordó todo lo que estaba ocultándole. Ella estaba acostumbrada a lidiar con personas en situaciones delicadas e incluso con situaciones políticamente peligrosas y buscó la paz instintivamente.

–De acuerdo, Dan.

–¿De acuerdo? ¿Sin discutir?

–Sin discutir. No voy a sacarte respuestas que no quieres dar. Si alguna vez quieres compartir algo conmigo, tendrás que decirlo por tu propia iniciativa.

Lo había dejado sin palabras.

–Te juro Ángel, que nunca había conocido a nadie como tú.

–¿Es un cumplido?

–Sí.

–Gracias.

–Estoy pensando que debes de ser algo parecido a una diplomática –la miró por encima del hombro con la ceja arqueada–. ¿Tú qué crees?

Ella esbozó una sonrisa vacilante.

–Todo es posible.

Las gotas se convirtieron en lluvia y el sol desapareció completamente.

–El tiempo está cambiando –comentó Dan–. Las nubes son negras y puede haber relámpagos.

–Rancon está empapándose.

Dan dio la vuelta al caballo y se dirigió hacia la cabaña.

–Nosotros también.

–Lo sé, pero sufro por él.

–Eso le dará un poco de calor.

–¿A nosotros también?

Cathy sonrió para sus adentros.

–Cuando estoy contigo, la sangre me bulle siempre.

–¿Otro cumplido?

Dan tiró de las riendas y giró todo el torso.

–Desde luego.

El viento y la lluvia los barría. Dan se inclinó hacia ella y le rozó los labios con los suyos.

–La lluvia y tú... menuda combinación.

–Como el champán y el caviar –susurró ella junto a su boca.

Volvió a besarla levemente con una sonrisa. Cathy suspiró y esperó más. La boca le ardía con fuego líquido. Dan la agarró del cuello y la estrechó contra sí. Ella se dejó llevar por Dan y por los elementos mientras él la abrumaba con una serie de besos voraces. Ángel levantó el labio superior y él le invadió la boca con la lengua para jugar con ella un juego de pasión.

Cathy le devolvió los besos con cada gramo del amor que sentía. El vientre le rebosaba de deseo y la lluvia los empapaba y entraba en sus bocas abiertas.

Dan se apartó con un gruñido atormentado. Ella le sonrió y se apartó un mechón que le chorreaba por la mejilla.

–Tendríamos que volver.

–Y secarnos.

Él sonrió insinuantemente.

–No estoy muy seguro de eso.

–¿Una ducha caliente?

–Con los dos al otro lado de la cortina esta vez.

Ángel se rio.

–Date la vuelta y dile a Rancon que se dé prisa.

Dan ordenó al animal que se pusiera en marcha a buen paso. Transcurridos unos minutos, Dan se dirigió a ella por encima del hombro.

–He decidido que mañana iré al pueblo con Rancon.

La lluvia le golpeaba en el cuerpo y las palabras de Dan le golpearon en el corazón.

–¿Tan pronto?

–¿Para él o para mí?

Ángel no respondió ni falta que hacía.

–Te dije que me ocuparía de ti hasta que se desvelara el misterio.

Ella sintió un frío repentino.

–Ya lo sé y te lo agradezco. Ha sido tan...

–Es verdad, pero le dije a Jack que lo llamaría al cabo de dos días.

–Y ya han pasado dos días.

–Sí.

Ángel se inclinó para acercarse a su oído.

–¿Crees que tendrá alguna información?

–Jack es el mejor en su trabajo. Supongo que por lo menos sabrá quién te persigue. Incluso a lo mejor sabe por qué. Si, además, ha llegado al fondo del asunto, puede saber quién eres.

Se acercaban a la cabaña y Cathy no pudo reprimir unos escalofríos por todo el cuerpo. No podía permitir que fuera. No podía permitir que supiera la verdad.

Un relámpago rasgó el cielo a sus espaldas.

Tenía que pensar en alguna forma de retenerlo en la cama al día siguiente.

Capítulo Once

–Se llama arrope.

Dan revolvió el contenido del cazo con una rama a la que había dado forma de atizador. Cathy lo miraba fascinada mientras volvía de dejar el cazo sobre las llamas que crepitaban en la chimenea.

–Creo que nunca he comido arrope.

Dan la miró con un asombro burlón.

–Has debido de ser una niña muy desgraciada.

–Seguramente.

Dan hizo una bola de arrope en la punta del palo y ella puso los ojos en blanco. Desgraciada... Si él supiera... Su familia y su casa habían sido maravillosas. Tenía ponis y ropas delicadas, sirvientes, bailes y joyas. La ilusión de casi todo el mundo. Quizá también hubiera sido egoísta para desear el amor. Quizá debiera estar agradecida por los momentos que le estaban concediendo.

Miró al hombre que amaba. Sí, estaba agradecida. Por unas semanas de libertad y por aquel hombre que hacía que le temblaran las rodillas y que el corazón le diera brincos de alegría.

–Cuidado, Ángel.

Cathy, absorta en sus pensamientos, no se había fijado en lo que estaba haciendo. Al sacar el palo del fuego, una llama había prendido el arrope.

Apagó la diminuta llama de un soplido y se volvió hacia Dan.

–Yo creía que mis días de comida quemada ya habían terminado.

Él se rio ante la expresión desanimada.

–No te preocupes. El arrope quemado es muy bueno.

–No es verdad. Solo quieres consolarme.

Él arqueó una ceja.

–Yo no soy nada dado a consolar. Ya lo sabes.

–Es verdad.

–Pruébalo. Compruébalo tú misma.

Si estaba tomándole el pelo y le hacía morder algo que supiera a ceniza o a tizón, se vengaría inmediatamente. Quizá con unas cosquillas o algo igual de torturador.

Dan la miró con ojos burlones.

–No seas gallina.

Ángel levantó la barbilla.

–No soy gallina.

–Me alegro. ¡Vamos!

Notaba que él tenía los ojos clavados en ella mientras se metía el arrope en la boca. Estaba dulce, ligero, crujiente... Levantó la mirada.

–Está delicioso.

–Ya te lo había dicho –Dan seguía mirándole la boca.

–¿Qué pasa?

–Esto –se inclinó hasta que tuvo los labios casi rozando los de ella–. Tienes un poco... –le lamió el labio inferior–... de arrope.

Ángel sentía que el vientre le abrasaba por un deseo atormentador, pero él no le dio uno de aquellos besos lentos y estremecedores.

No. Se apartó y sonrió.

–Ya está –susurró–. Delicioso.

–Eres un provocador.

–Lo primero es lo primero, Ángel. Te he prometido que iba a enseñarte a hacer arrope.

–¿Quieres decir que tostarlo no es suficiente?

–¿Estás de broma?

–Hay niveles más avanzados, ¿eh?

–Mucho más –Dan esbozó una media sonrisa.

Ángel reprimió las oleadas de anhelo que le bullían la sangre y vio cómo preparaba un buen arrope especial.

–Lo tostamos, tomamos una galleta de trigo integral, ponemos chocolate y extendemos el arrope.

–Supongo que el arrope caliente derrite el chocolate.

–Eres tan inteligente...

Ángel se rio ante la expresión de admiración sincera.

–¿Comías muchas de estas cuando eras niño? –le preguntó Ángel mientras tomaba la galleta.

–Siempre que podíamos hacernos con un par de barras de chocolate y un mechero.

Qué infancias tan distintas habían tenido. Aunque los dos habían vivido en una especie de prisión invisible. ¿La miraría de otra forma si supiera cómo se había criado? Lo sabría, se recordó a sí misma.

–¿Hacías arrope con un mechero?

Dan asintió con la cabeza.

–Pero eso es peligroso...

–¿Cómo crees que he llegado a ser lo que soy?

–¿Peligroso?

–Sí.

–Evidentemente con poca vigilancia.

–Mejor dicho, ninguna. Prácticamente me crié en una casa de acogida.

–El sistema de acogida de este país ha avanzado mucho durante los últimos años. He comprobado...

Se paró en seco con los ojos clavados en los de él. Dan la miraba con curiosidad y los labios separados y prestos para hacerle una pregunta.

Ella le proporcionó la respuesta inmediatamente.

–He debido de trabajar con niños.

No era exacto, pero tampoco era mentira. En sus viajes, ella trabajaba con niños como su defensora, su amiga y recaudando fondos para ellos.

–Claro, eso lo explica todo.

–Sí.

–Me imagino que mañana estaremos seguros.

Ella sonrió forzadamente.

–Estoy deseando saberlo.

–¿De verdad?

–No, la verdad es que no.

Un brillo de placer iluminó los ojos de Dan y miró a la galleta con arrope y chocolate.

–¿Vas a comértela o no?

Le siguió encantada en el alegre juego de las réplicas. Cualquier cosa con tal de olvidar que aquella podía ser la última noche que él la tratara como a una chica normal.

–¿Te apetece mi arrope?

–No solo el arrope.

–Ah... –Ángel sonrió–. Te apetecemos los dos.

Dan tenía algo, la situación tenía algo que incitaba a un comportamiento apasionado y desenfrenado. Estaba segura de que en Llandaron a ella no se le habría ocurrido derramarse una mezcla de chocolate derretido por los labios, el cuello y el valle entre los pechos.

Pero no estaba en Llandaron.

Estaba sentada junto al fuego y la lluvia golpeaba contra el tejado de la cabaña.

–¿Qué haces, Ángel?

El tono de la pregunta indicaba que sabía perfectamente lo que estaba haciendo, pero que no podía creérselo.

–Has dicho que te apetecíamos los dos.

–Es verdad.

Ella sonrió.

–Entonces, tómanos.

Dan llegó a pensar que iba a explotarle la cabeza. Ella llevaba uno de sus calzoncillos largos y una de sus camisetas blancas, el pelo le caía sobre los hombros y estaba inclinada hacia él. La tenía a unos centímetros, cubierta de chocolate y los párpados medio cerrados no ocultaban el brillo provocador de sus ojos.

Dan se sentía desbordado por el deseo.

–Empieza aquí –le susurró ella mientras lo besaba en los labios.

La dulzura del chocolate le pareció devastadora y Dan le tomó la nuca con la mano y la acercó más. Más tarde podrían entretenerse, pero en ese momento, ella necesitaba que la devorara y él necesitaba devorarla.

Dan cambió el ángulo de la cabeza y se deleitó con los gemidos fruto de la batalla que libraban los labios, las lenguas y los dientes.

Dan siguió su recorrido por el cuello. Ella inclinó la cabeza hacia atrás, le tomó la cabeza entre las manos y la estrechó contra sí. Dan la besó vorazmente en la base del cuello, donde el pulso palpitaba con toda su fuerza y la piel era ardiente y resbaladiza.

–¡Más! –exclamó ella con un gruñido de ansia.

Ella recibiría lo que quisiera y cuando lo quisiera. Dan siguió el sendero de chocolate que ella le había trazado. Cathy respiraba con dificultad. Le agarró el borde de la camiseta, se la bajó y dejó un pecho al descubierto.

Dan se endureció como el granito.

Tomó el pequeño obsequio con la mano, lo acarició y creyó morir mientras ella gemía. Luego bajó la cabeza y lo lamió. Cathy dejó escapar un grito seguido de una maldición incontenible y bestial. Una maldición que él también habría querido soltar por muchos motivos, motivos que no quería afrontar ni analizar.

En vez de eso, la desnudó con manos diestras y luego se desnudó él.

–Sí, sí –repetía ella como una letanía.

Dan se tumbó sobre ella y sintió los rizos mojados contra los muslos y los pezones enhiestos contra el pecho. Ella le rodeó la cintura con las piernas y el tiempo se detuvo.

La miró, se encontró con una mirada llena de anhelo y se introdujo lentamente en su cuerpo. La lluvia retumbaba con un ritmo frenético contra el techo y las ventanas. Dan siguió aquel ritmo y los arrastró a un mundo de placeres desconocidos.

Ascendían cada vez más mientras ella se sacudía y él la embestía. Un relámpago estalló fuera y Ángel hizo lo mismo. Dan la siguió con la boca sobre la de ella.

–Ángel...

–¿Sí?

–¿Estás despierta?

–Mmm.

Arropada con una manta, arropada por sus brazos, Cathy levantó la mirada y vio la hora en el reloj de la cocina. Eran las tres menos cuarto. ¿Por qué el tiempo corría a esa velocidad sin consideración hacia la gente que vivía en él?

Dan le pasó la mano por el pelo y volvió a apoyar la cabeza sobre su pecho. A ella le pareció que el corazón le latía con más fuerza.

–¿Vamos a la cama?

–Todavía no.

–¿Te preocupa algo?

Dan tardó un momento en responder.

–¿Te acuerdas de cuando me preguntaste si había matado a alguien?

A ella se le alteró el pulso al ritmo de los latidos que oía en el pecho de Dan.

–Me acuerdo.

Dan suspiró.

–Hace cuatro años mataron a mi compañera. Yo estaba herido en el hospital y no pude acompañarla.

Cathy sintió una punzada en el estómago.

–¿Era una mujer?

–Sí.

–No era solamente tu compañera, ¿verdad?

–No –la habitación empezó a dar vueltas–. Era mi prometida.

Cathy se quedó sin aliento.

–¿Qué pasó? –consiguió preguntar con un hilo de voz.

–Íbamos detrás de un fugitivo. Era un verdadero matón. Antes de que pudiera esposarlo, me disparó y me mandó al hospital. Janice estaba decidida a atraparlo y lo siguió con un novato.

–Dan...

–Yo no estaba allí para protegerla, Ángel.

Cathy no dijo nada, tan solo se abrazó a él. Todo lo que había pasado la semana anterior cobraba sentido; su actitud ante la vida, el matrimonio y la gente; su empeño en protegerla...

–El tipo que la mató se escapó. Pasé cuatro años detrás de él con la esperanza de que cometiera un error. Al final encontré un resquicio y lo pillé en un lavado de coches.

–¿Qué pasó?

–Tuvimos una pelea y lo capturé. Está en la cárcel.

–Lo heriste, ¿verdad?

–Un par de moretones.

Cathy se sentó.

–Dan...

–Le dieron algunos puntos.

–Lo heriste.

–Claro que sí –Dan explotó, se sentó con ojos casi amenazadores–. Se merecía mucho más.

–¿Por eso estás aquí?

Dan asintió con la cabeza.

–Me suspendieron indefinidamente para que pensara en lo que había hecho. Como si pudiera dejar de pensar en ello...

Cathy le acarició la mano. No lo juzgaba, solo sentía comprensión por un hombre atormentado por su pasado.

–¿La amabas?

–Claro que la amaba.

Cathy tenía los ojos empañados de lágrimas por imaginarse lo que sería perder a alguien amado.

–Lo siento mucho, Dan.

La miró a los ojos y ella percibió algo parecido al amor en aquella mirada.

–¿Sabes una cosa, Ángel? Aquel día fue como si yo muriera. Pensé que nunca más volvería a sentir nada que no fuera la pura mier.. –se pasó la mano por la cabeza–, pero entonces...

–¿Entonces?

La miró rebosante de ternura.

–Tú.

–Dan…

–No sé lo que significa, Ángel, pero sí sé que has sido la única persona que me ha hecho sentir algo desde hace mucho tiempo. Eres increíble, tan franca, tan... tan auténtica. Hablaba en serio cuando dije que nunca había conocido a nadie como tú.

Cathy sintió un remordimiento que amenazaba con triturarla. Tenía que decirle la verdad en aquel preciso instante. Él le había expuesto su pasado, le había abierto su corazón. ¿Iba a ser la mujer que lo amaba o la cobarde que temía su pasado?

–Ángel, ven.

Dan se puso un preservativo, la puso encima de él y la besó delicadamente la boca mientras la lluvia caía suavemente sobre el tejado y el fuego se convertía en ascuas.

–Dan, tengo que decirte algo.

–Se acabó la conversación.

–Pero...

–Vamos, Ángel, he derramado todas mis entrañas. Te necesito –la miraba con ojos suplicantes y ella notaba la prueba de aquella necesidad contra su abdomen–. Tengo que sentirme dentro de ti.

Ella lo anhelaba con todo el cuerpo y todo el corazón. Levantó las caderas, lo sintió en la entrada de su esencia y le abrió la puerta de lo más íntimo de sí. Le tomó las manos y las puso sobre sus caderas.

Dan hizo un movimiento, la bajó y entró en su templo.

Cathy notaba el calor y el resplandor del sol de la mañana. Estiró el cuerpo entumecido por una noche apasionada. Sonrió al acordarse de la carrera a la cama sobre las cuatro de la madrugada y de las posiciones que llegaron a hacer.

Suspiró, alargó la pierna para encontrar el musculoso muslo de Dan, pero solo encontró las sábanas desordenadas.

Abrió los ojos como impulsados por un resorte. Miró alrededor y no vio nada salvo el reloj que marcaba las doce del mediodía.

Sintió un espanto que la abrasaba por dentro, se levantó y se vistió. Recorrió la cabaña llamándolo, pero se había ido. Salió fuera y recorrió con la mirada cada centímetro de tierra que alcanzaba a ver. Nada. Se le secó la garganta como si fuera de algodón. ¿Cómo había sido capaz de marcharse sin decirle nada? El establo le confirmó lo que se temía. Rancon tampoco estaba.

Había ido al pueblo como había prometido. El pánico se apoderó de ella. Había ido al pueblo para que un tercero le dijera que ella era una princesa y que los hombres que la seguían eran sus guardaespaldas.

Se llevó las manos a la cabeza.

¿Cómo había podido ser tan cobarde? ¿Cómo había podido pensar que podría retenerlo un día más?

Iba a soltar todas las lágrimas que había contenido cuando oyó un chasquido que llegaba de entre los árboles.

El corazón le dio un vuelco.

Dan.

No había ido al pueblo. Había ido a cabalgar por el bosque o a pescar.

Se puso la mano en la frente como una visera y la felicidad se esfumó. Peter y Cale, sus guardaespaldas, se acercaban montados en dos caballos alazanes.

–Alteza...

Cathy hizo un esfuerzo para levantar la barbilla.

–Sí.

–Hemos venido para llevarla a casa.

Capítulo Doce

Dan metió el pie en el estribo y se montó sobre Rancon. En una semana se había convertido en un romántico incorregible. Miró las violetas que había recogido en el campo y sacudió la cabeza. Los chicos de la oficina iban a disfrutar si se enteraban de eso.

Sin embargo, Dan no pudo evitar una sonrisa al pensar en la alegría de Ángel y en la recompensa que recibiría él.

Espoleó levemente a Rancon y volvió hacia la cabaña. El día prometía ser precioso. El sol brillaba, pero no hacía mucho calor. Era un día perfecto para pasarlo junto al río o dentro del río. Sonrió de oreja a oreja. Pero la sonrisa se desvaneció ligeramente. Tenía que estar camino del pueblo para recibir la información de Jack. Se lo debía a Ángel. Tenía que descubrir quién era y a quién pertenecía. También era verdad que no quería que nada interfiriera en lo que ella llamaba «su pequeño mundo». Al menos, durante un día más.

Era un idiota romántico.

Siguió echándose la bronca mientras cabalgaba a través del claro, pero al acercarse a la cabaña, notó algo raro en el ambiente. No sabía qué era. El solo brillaba y los pájaros cantaban, pero él sabía que había algo que no encajaba.

Hasta que lo vio.

Con el corazón en la garganta, tiró de las riendas, desmontó y sacó la pistola.

En el porche, justo delante de Ángel, pudo ver a

las dos bolas de grasa europea del pueblo. Intentó ver si llevaban armas y observó que uno de ellos tenía algo oscuro en la mano. Dan no podía distinguir qué era, pero se le encogió el corazón.

Los hombres hablaban y tenían una expresión rígida. Hablaran de lo que hablaran, le pareció que Ángel estaba disgustada.

Dan avanzó hacia ellos apuntándolos con el arma.

–¡Tírala! –gritó cuando estaba a unos diez metros.

Los dos hombres lo miraron con los ojos entrecerrados, se volvieron hacia Ángel y le dijeron algo.

La sangre le bullía de furia y Dan tenía todo el cuerpo y los sentidos en tensión.

–¡Tírala o te tiro a ti!

Ángel se puso delante del más pequeño de los hombres con una mirada llena de temor.

–No, Dan, por favor...

–No te muevas, Ángel –Dan ya estaba a cinco metros.

–Le recomiendo que no siga avanzando y que tire el arma, señor –dijo secamente el gigantón que estaba a la izquierda de Cathy.

Dan soltó una obscenidad de tres palabras y siguió acercándose con el arma completamente extendida.

–Dan, por favor –le suplicó Ángel.

Luego se volvió hacia el pistolero número uno.

–Cale, ni se te ocurra hacerle algo.

–Pero Alteza, la ha tenido secuestrada –le dijo el pistolero más bajo a sus espaldas.

Dan sintió como si le hubieran dado un puñetazo en el estómago o más bien en los oídos. No podía haber oído bien. Era imposible.

Ángel sacudía la cabeza en dirección al hombre más bajo.

–No, Peter, me ha ayudado.

–Alteza, es normal que en situaciones como esta se piense que...

–¿Alteza? –Dan agarró con más fuerza la pistola–. ¿De qué demonios está hablando, Ángel?

El pistolero llamado Cale no le hizo caso y se dirigió a Ángel.

–El rey estaba convencido de que la habían secuestrado. ¿No es verdad?

–¿El rey? –rugió Dan antes de pasarse la pistola a la mano izquierda.

Ya estaba harto de tanta palabrería. Era el momento de pasar a la acción. En tres segundos había inmovilizado a Cale y lo había desarmado.

–Será mejor que alguien me cuente lo que está pasando.

Cathy sintió náuseas y que la cabeza le daba vueltas. ¿Cómo había permitido que pasara eso? ¿Cómo había permitido que las cosas llegaran tan lejos? Había sido una egoísta increíble, ese era el motivo.

Se acercó a Dan con las piernas temblorosas. Dan la miró fijamente, como si la atravesara con la mirada, perplejo y completamente dispuesto a presentar batalla con quien fuera. Ángel sintió un nudo en la garganta. Aquella no era la forma en que le habría gustado tratar ese asunto, pero ya no tenía otra alternativa. Solo podía decir al hombre que amaba quién era y lo que había hecho.

–Dan, por favor, suéltalo.

Dan negó con la cabeza.

–No lo haré hasta que sepa qué está pasando –replicó con una serenidad aterradora.

Una voz interior le repetía a Ángel que saliera corriendo, pero no la atendió. Huir no siempre era tan seguro como parecía. Además, ya estaba cansada de ser una cobarde.

Tragó saliva y se encaró a él.

–Me llamo Cathy. Catherine Olivia Ann Thorne, princesa de Llandaron.

Dan se quedó con la boca abierta.

–Eso es un disparate, Ángel –farfulló.

–Me escapé de casa, Dan –soltó una risa penosa–. Necesitaba sentirme libre por una vez en mi vida. Así que vine a las montañas y...

–¿Estás diciéndome que eres de una familia real?

Cathy asintió torpemente con la cabeza y con las mejillas sonrojadas por el bochorno.

–Estos hombres son mis guardaespaldas.

Dan soltó una maldición y soltó al hombre que tenía agarrado.

–Tenemos que hablar, Dan. Por favor. ¿Podemos entrar en la cabaña?

Dan entrecerró los ojos.

–No voy a ninguna parte.

Cathy se volvió hacia Cale y Peter con toda la tranquilidad que pudo reunir.

–Por favor, esperadme en la cabaña.

Los dos hombres dudaron un instante antes de inclinar la cabeza y hacer lo que les había ordenado.

Cathy tomó aire cuando se cerró la puerta y continuó.

–Cuando Rancon y tú me asustasteis, cuando me caí, me olvidé completamente de mi pasado. No supe quién era hasta...

Se detuvo porque sabía que lo que tenía que decir iba a poner en peligro todo lo que había compartido durante la semana pasada, pero Fara siempre decía: «Cuando te duele algo, tienes que tomar la medicina».

–¿Hasta? –preguntó lentamente Dan–. ¿Hasta cuándo, Ángel?

¿Podría decirlo? Tenía que hacerlo. Se lo debía.

–Recuperé la memoria la noche que volvimos del pueblo.

Los ojos de Dan se ensombrecieron.

–¿Quieres decir que has sabido quién eras durante dos días?

Asintió con la cabeza y con el corazón desgarrado por la vergüenza.

–¿Has estado mintiéndome durante dos días? –un músculo se le tensó en la mandíbula.

–Lo siento mucho, Dan.

–¿Sientes haberme mentido o que te haya descubierto?

–Dan, te juro que quería decírtelo. Iba a decírtelo anoche, pero tú no me...

–¿Vas a ponerme como excusa?

Cathy palideció.

–No. Claro que no. Tienes razón. Tuve tiempo para decírtelo y no lo hice –se quedó sin aliento y al borde del llanto–. No quería irme. No quería dejarte.

Una sombra fugaz de compasión cruzó los ojos de Dan, pero enseguida dejó paso a la ira.

–¿Piensas que voy a creer algo de lo que digas? ¿Cómo puedo saber que no me has estado mintiendo desde el principio?

Cathy sacudió la cabeza.

–No lo he hecho.

Dan la agarró por los hombros.

–¿Era un juego para ti? ¿Una princesa que se había escapado para divertirse con un plebeyo?

–No –respondió ella sin poder respirar–. No...

Los ojos de Dan buscaron los de Cathy con desesperación, la soltó y se dio la vuelta.

–Has debido de divertirte mucho con todo lo que te dije sobre lo maravillosa que eras y lo auténtica y lo franca.

Las lágrimas se agolpaban en los ojos de Cathy, pero no iba a dejarlas brotar.

–Escúchame. Si no te lo dije fue porque no quería que terminara lo nuestro. Me enamoré de ti, Dan Mason. Me enamoré completamente. No quería perderte.

–¿Pues sabes qué, corazón? –le espetó–. Me has perdido.

Las palabras atenazaron el corazón de Cathy y le hicieron un daño tan insoportable que pensó que nunca se repondría, pero siguió peleando.

–Dan, mírame a los ojos.

Dan no le hizo caso.

Estaba a punto de perder lo más maravillosos de su vida y Cathy hizo acopio de todo el valor que le quedaba. Agarró el hombro de Dan y le obligó a mirarla.

–¡Mírame a los ojos, maldita sea!

Dan levantó lentamente su rostro granítico.

La delicada brisa del verano arremolinaba el pelo de Cathy alrededor de su cara.

–¿Me crees cuando te digo que recuperé la memoria hace dos días?

–No –respondió Dan rotundamente.

La tenaza apretó un poco más su corazón.

–¿Me crees cuando te digo que te amo?

La miró con unos ojos gélidos.

–La pregunta debería ser si me importa algo que lo digas.

Unas lágrimas de conmoción y pena le resbalaron por las mejillas. Entendía su amargura. Lo que había hecho lo había devuelto a la inseguridad y el miedo y cuando se sentía amenazado, daba zarpazos a la jaula como un animal al que se hería constantemente.

–De acuerdo –se secó las lágrimas–. Me merezco tu rencor, ¿pero sabes lo que tú te mereces, Dan Mason? Una mujer viva que te ame y quiera hacerte feliz. Una mujer que te devuelva al mundo de los vivos.

El rencor remitió ligeramente, pero se convirtió rápidamente en hostilidad.

Cathy tomó aire con impotencia.

–Solo ves lo que quieres ver, ¿verdad, Dan?

–¿Y qué importa si fuera así?

–Es una salida muy fácil.

La mirada heladora se volvió hacia ella.

–Quizá deba marcharse a su país, a su reino, Alteza.

Cathy se irguió.

–Tienes razón. Tendría que hacerlo. Ya me he ido durante demasiado tiempo y demasiado lejos.

Recordó las palabras de la vieja gitana. «Ten mucho cuidado». Ella había tenido mucho cuidado, pero no se había perdido como le había advertido la mujer. No. En realidad, sentía una fuerza nueva en su interior. Fruto del amor y el dolor. Aunque le espantaba la idea de abandonar aquella cabaña y al hombre que amaba, tenía que hacer lo que tenía que hacer. Estaba preparada para volver y enfrentarse a su padre y al futuro que ella eligiera.

Se volvió para ir a la cabaña y recoger sus cosas, pero se detuvo en el porche.

–Huir llega a ser agotador –le dijo.

Dan levantó la mirada.

–Tengo mucha resistencia.

–No voy a pedirte o suplicarte que me perdones o que te creas por qué hice lo que hice. Todos tenemos que elegir nuestro viaje en esta vida. Yo solo esperaba que nosotros lo hiciéramos juntos.

Durante un instante, pareció que Dan iba a acercarse a ella, pero un segundo después estaba cabalgando a Rancon en dirección al bosque.

–Adiós –susurró Cathy envuelta en polvo.

* * *

Capítulo Trece

Dan agarró la cerveza, la levantó y dio un sorbo.

Justo delante de él, el cartel de neón del bar de Sheff en Denver tremulaba como si le advirtiera para que parara o bajara el ritmo.

Sin embargo, hizo un gesto a Sheff para que le sirviera otra.

Solo eran las nueve. Era demasiado pronto para volver a un apartamento vacío. Además, él nunca hacia caso de las advertencias de ningún tipo.

En la cartera llevaba la nota que le había dejado Ángel, perdón, la princesa Catherine Thorne de Llandaron, en la mesa de la cocina antes de marcharse hacía unos días. La había leído un centenar de veces y, como un completo idiota, había sido incapaz de romperla. Cinco escuetas palabras lo habían obsesionado día y noche.

Lo siento. Te quiero. Ángel.

Soltó un juramento para sus adentros y se pasó la mano por el pelo. Lo habían obsesionado tanto, que hizo la maleta y dejó la cabaña justo después que ella para volver a Denver. La cama, la ducha, la cocina, la chimenea, el río, el olor a pino, todo le recordaba a ella.

Oyó una carcajada a sus espaldas.

–Te invitaría a una cerveza, Mason, pero me parece que ya has tomado suficientes.

–No voy a conducir –Dan miró por encima del hombro y se quedó boquiabierto cuando vio a Jack

Bonner que se le acercaba–. ¿Cómo has sabido que estaba aquí, Bonner?

–Sheff tiene esa cerveza especial para sentir lástima de uno mismo.

–Déjame en paz.

Jack se sentó en un taburete junto a Dan.

–Ni lo sueñes, sheriff.

–Por si no lo sabías, ya no soy sheriff.

–He oído decir que has dejado el servicio.

–Efectivamente.

–Ya no sientes la emoción de la captura, ¿eh?

–Algo así.

Era exactamente eso. Había pasado cuatro años buscando venganza, pero en general solo había encontrado un vacío.

Hasta que la belleza de ojos color violeta se cruzó en su camino.

–Siempre puedes pasarte al servicio de inteligencia. Estoy buscando un compañero.

–La CIA no me ha interesado jamás.

–Es el FBI –Jack sonrió–, pero ha estado muy bien, muy gracioso.

–Hago lo que puedo.

Jack ensanchó la sonrisa.

–El problema es que tienes un instinto de protección espantoso y tienes que alimentarlo como sea.

Dan lo miró como si se hubiera vuelto loco.

–¿De qué estás hablando?

–Sabes perfectamente de lo que estoy hablando –Jack pidió una cerveza–. Hablo de lo quc pasó con nuestra princesa.

–No es nuestra nada –gruñó Dan.

Jack estalló en una carcajada.

–¡Caray! Te lo has tomado mal, amigo.

–Si no cierras el pico te lo cerraré yo.

Sheff dejó una cerveza helada delante de Jack.

–Chicos, todos tranquilos, ¿eh? Sabéis que no consiento las peleas, sobre todo por cosas tan ridículas como vuestra vida amorosa.

–¿Quién ha hablado de amor? –Dan los miró despectivamente–. No se trata de amor.

Jack guiñó un ojo a Sheff.

–No te preocupes. Sé cómo dominarlo.

Sheff arqueó las cejas.

–Eso espero.

Dan sacudió la cabeza.

–No he dicho nada sobre el amor –aseguró tranquilamente.

–A este le ha dado fuerte –comentó Sheff antes de atender a otro cliente.

Jack levantó los brazos con un gesto triunfal.

–Van dos en cuestión de minutos. ¿Sabes cómo llamamos a eso en la oficina, Mason?

–Dos idiotas que hablan más de la cuenta.

–Más bien lo llamamos una conclusión desperdiciada.

«Lo siento. Te quiero. Ángel».

¿Cuánto tardaría en borrar esas palabras de la cabeza? ¿Cuánto tendría que beber?

–¿Qué haces aquí, Bonner? –masculló Dan antes de dar otro sorbo de cerveza.

–Impedir que cometas el error más grande de tu vida.

–Creo que estás perdiendo el tiempo.

–Yo creo que tendrías que ir detrás de ella, decirle que la amas y pedirle que se case contigo.

Dan señaló su cerveza.

–¿Cuántas de estas te has tomado antes de venir aquí? Ni siquiera crees en el matrimonio...

–A lo mejor no para mí mismo, pero tienes que salir de tu infelicidad –sonrió de oreja a oreja y dio un sorbo de cerveza–. Ya sé que eso significa que va a tener que cargar con tu culo lastimero, pero no veo otra solución.

–Esa mujer es una princesa, Jack. De la realeza –Dan estuvo a punto de atragantarse con la palabra.

–¿Y qué?

–Que está acostumbrada a las pieles, lo diamantes, los castillos, la mie...

–Tú puedes ofrecerle muchas cosas.

–Yo no tengo nada que ofrecerle.

–Pero la quieres.

–Ya, pero eso no es suficiente –Dan se quedó petrificado.

Quiso retirar aquellas palabras, pero ya era tarde. Suspiró con la mano agarrada al cuello de la botella de cerveza.

Era una estupidez haberse enamorado de una princesa.

–¿Ella te quiere?

Dan se encogió de hombros.

–Ella dice que sí, pero también decía que no podía recordar nada cuando sabía perfectamente quién era.

Jack hizo una mueca.

–Yo sé que tú entiendes por qué lo hizo y yo sé que tú entiendes por qué dejas que su pequeño triunfo te atormente tanto.

En ese momento, Dan detestó que Jack lo conociera tan bien. Era verdad que él creía que había perdido la memoria y que había querido quedarse los últimos dos días. Lo creía porque él también lo había querido. Seguramente, él habría hecho lo mismo para quedarse un poco más con ella.

Dan apoyó la espalda en la barra.

–No valgo lo suficiente para ella.

–En eso tienes razón.

Dejó escapar una risa sarcástica.

–Eres un majadero.
–Lo sé, pero tú también lo eres.
–Ya.
Jack apuró la cerveza.
–Así que no vales los suficiente para ella. ¿Quién lo vale? Te diré una cosa, Dan, hay algún tipo por ahí que no se pregunta si lo vale o no y que la quiere lo suficiente como para arriesgarlo todo. Está esperando que vuelva con el corazón roto para ofrecerle un hombro donde llorar.
–¡Cállate!
Dan apretó la mandíbula hasta casi rompérsela. No podía ni quería imaginarse aquello.
Se levantó y dejó un billete en la barra. Al hacerlo, la nota de Cathy, cayó al suelo.
Jack se abalanzó sobre ella antes de que Dan pudiera moverse, pero no la leyó. La acercó a la vela que había encendida.
Miró a Dan con el gesto serio.
–¿Qué quieres que haga con esto?

–Te lo juro, puedo comerme un kilo a la semana y nunca me canso. ¿Cómo puede explicarse?
Cathy le sonrió a Fran.
–Estás embarazada.
Fran hizo una mueca.
–¿Y cómo lo explicas antes de que estuviera embarazada?
Cathy se rio y Fran también. Era lunes por la tarde, el sol brillaba y las dos estaban debajo del nuevo toldo verde de la famosa tienda de caramelo quemado de Gershin. El verano estaba en su apogeo y la ciudad rebosaba de turistas. Ese día, la clínica veterinaria que habían puesto Fran y Ranen estaba cerrada y las dos mujeres habían dejado el

calor del castillo para disfrutar del fresco a la orilla del mar.

Cathy pensó que se alegraba de haber vuelto. Se alegraba de ver a su familia. Inesperadamente, la confortaban mucho mientras ella intentaba por todos los medios olvidarse del tiempo pasado en Colorado.

Era curioso, había pasado una temporada sin memoria y en ese momento habría dado cualquier cosa porque le volviera a pasar durante un día o dos.

No era verdad. Era una mujer diferente y ya no vivía abrumada por los miedos y las inseguridades. Afrontaría de cara el dolor y la decepción porque solo así podría reconocer los maravillosos momentos que le quedaban por vivir.

–¡Dios mío! –exclamó Fran y sacó a Cathy de su ensimismamiento.

A Cathy se le alteró el pulso y vio que su amiga se llevaba la mano al vientre.

–¿Qué pasa?

Los ojos de Fran brillaban como diamantes.

–El niño me ha dado una patada.

Cathy dejó escapar un gemido.

–¿Puedo tocarlo?

–Claro.

Cathy puso la mano en el protuberante vientre de Fran y al cabo de unos segundos notó el golpecito. Cathy cerró los ojos un instante, pero volvió a abrirlos al ver un bebé con ojos color chocolate y una sonrisa diabólica.

–¿Sabes si va a ser niño o niña? –le preguntó a Fran con el corazón en vilo.

–Voy a tener un Nicholas Steven Maxim Thorne.

Cathy juntó las manos.

–¡Un niño!

–Sí. Estoy deseándolo –exclamó Fran con el rostro radiante.

–Me gusta la idea de ser la tía Cathy.

–A mí me encanta la idea de que seas mi hermana.

Cathy la abrazó.

–A mí también. Siempre quise tener una hermana para poder hablar de chicos y confesar la adición al caramelo quemado.

Oyeron unas risitas y se volvieron hacia el escaparate donde estaban sacando una remesa nueva de caramelo quemado.

Fran señaló la escena.

–¿Te ha contado Max cuando entré ahí y saqué el caramelo?

–Un centenar de veces. Le encanta tu libertad de espíritu y tu decisión.

–Ya puestas, a mí me encanta su trasero maravilloso y cómo me tiemblan las rodillas cuando me besa.

Cathy sonrió con la mirada perdida.

–Esa sonrisa no es muy amplia..

–¿No?

Fran sacudió la cabeza.

–Lo echas de menos, ¿verdad?

Cathy levantó la barbilla.

–¿A quién?

Fran sonrió.

–No sabes disimular, Cathy. Al sheriff, al que te rescató y te protegió de Cale y Peter.

A Cathy se le hundió el corazón. ¿Que si lo echaba de menos? ¿Un pez en la tierra echaba de menos el agua?

–Él no quiere nada conmigo.

–¿Lo quieres tú?

–Fran, yo quiero la vida que yo elija, pero sobre todo quiero vivirla con él.

–¿Le has dicho eso a tu padre?

Cathy recordó la conversación de dos horas que

tuvo con su padre después de que el médico del palacio la hubiera examinado minuciosamente.

–Le he dicho que yo voy a ocuparme de mi vida y de mi vida amorosa.

Fran la miró con admiración.

–¿Cómo se lo ha tomado?

–Se sorprendió por mi firmeza, pero sé que me he ganado su respeto –sonrió–. Aunque lo más importante es que yo misma me he ganado mi respeto.

–¿Le hablaste de lo que sentías por el sheriff?

–No.

Fran no insistió. Afortunadamente vio que se acercaba la otra mitad del grupo que había ido a la ciudad.

–Las dos mujeres más guapas del mundo.

Max, el hermano de Cathy, dio un beso a su mujer y echó una ojeada a los guardaespaldas que remoloneaban a unos metros.

–Estoy hambrienta –comentó la tía Fara mientras se frotaba el real hombro que estaba un poco quemado por el sol.

–¿Qué os parece el Belltower? –propuso Max.

Fran sacudió la cabeza.

–Tu hijo quiere sopa de almejas.

Ranen, el anciano y gruñón padrino de Cathy, asintió con la cabeza.

–A mí me parece perfecto.

Max se encogió de hombros.

–Pues no se hable más.

Max y Fran volvieron a darse unos besos y Cathy se puso disimuladamente al lado de Ranen y le dio un beso en la curtida mejilla.

El anciano cascarrabias frunció el ceño, un gesto bastante habitual en él.

–Vaya, así que por las montañas de Colorado... El numerito fue bastante bueno, jovencita.

Cathy sonrió.
–Hice lo que pude.
Fara apoyó la mano en el hombro de su sobrina.
–No le hagas ningún caso, Catherine.
–Nunca lo hago, tía.
Un gesto de sorpresa iluminó el rostro de Ranen.
–Vaya... La señorita nos ha vuelto respondona.
–Ya iba siendo hora, ¿no? –replicó Cathy descaradamente.
Todo el mundo dejó de hablar para atender a la conversación entre Cathy y Ranen.
–Es posible –los ojos de Ranen brillaron con admiración.
Fara pasó un brazo por los hombros de Cathy y la estrechó contra sí.
–Querida, tu joven ha sacado un aspecto nuevo de ti y me gusta –dijo en voz alta para que todos lo oyeran.
Cathy suspiró y se rio aunque no quisiera hacerlo.
–¿Todo el mundo sabe lo de... mi joven?
Fara sonrió elegantemente.
Ranen puso los ojos en blanco.
–Alex no –respondió Max–, pero está en Escocia.
Fran se rio.
Cathy gruñó.
Max se rio.
–Vamos a comer. Cuanto más tiempo nos quedemos aquí, más posibilidades hay de que mi mujer se plantee darle de comer caramelo a mi hijo.
Cathy vio a Fran que le daba un puñetazo cariñoso a su marido y a Max que se inclinaba para volver a besar a su mujer.
–Te quiero –le susurró él.

Mientras iban hacia el restaurante de la playa, Cathy vio que su padrino gruñón tomaba la mano de Fara.

Cathy sonrió al ver las parejas, pero ella echaba de menos su mitad y se sentía pesarosa.

–Gracias por recibirme, Alteza.

–Es un placer, sheriff Mason.

–Dan, por favor.

El rey, sentado en una gastada butaca de cuero en la biblioteca del palacio, asintió con la cabeza.

–Has salvado la vida de mi hija, Dan. Te debo mucho. ¿Has venido a recoger tu recompensa?

–¿Recompensa? –preguntó Dan.

–Un millón de dólares –el rey se rio–. Parece como si no lo supieras.

–No lo sabía.

Como si él hubiera aceptado algo por proteger a Ángel. Ella le había dado todo lo que podía anhelar; su sonrisa, su amabilidad, su entrega por todas las cosas buenas.

–No, gracias, Alteza.

–¿Quieres más? –preguntó el rey con frialdad.

–No. No quiero nada, señor –Dan suspiró y se pasó los dedos por el pelo–. Bueno, eso no es exactamente verdad.

–Habla con claridad.

–Quiero un trabajo.

El rey levantó las cejas.

–¿Un trabajo?

–Efectivamente.

El imponente hombre lo miró con detenimiento.

–Quieres estar cerca de Catherine.

Dan dudó.

–No tienes por qué negarlo, joven. He oído hablar de ti... y de tu pasado.

Dan apretó las mandíbulas como si fueran unas tenazas, pero se contuvo.

–De acuerdo. Quiero estar cerca de ella, señor –se inclinó hacia delante y fue sincero con el rey de Llandaron–. Amo a su hija como no he amado nada ni a nadie. Quiero casarme con ella, tener hijos con ella, hacerme viejo y sentarme en una mecedora en el porche del palacio.

El rey tuvo que dominar una sonrisa.

–Ya sé que no soy suficiente para ella –continuó Dan–, pero eso es algo que ya no me importa. La realidad es que ella me ama y yo la amo a ella. La realidad es que puedo hacerle feliz. Eso tiene que contar algo.

El rey se frotó la barba pensativamente.

–Cuenta mucho.

–Pero yo no voy a eso. Yo no voy a pedirle que se case conmigo si no tengo algo, si no tengo...

–¿Un trabajo?

Dan asintió con la cabeza.

–Sí, señor.

El rey suspiró.

–Admiro a un hombre que está dispuesto a desprenderse de su vida, de su pasado, por mi hija.

–Se lo agradezco, señor. Si quiere escucharme, tengo una idea.

El rey se dejó caer en el respaldo de la butaca y se colocó bien las gafas.

–Bueno, creo que estoy deseando escucharte.

Cathy, con los rizos cayéndole por los hombros, se puso un vestido de seda color lavanda. No tenía mucho ánimo para ir de fiesta, pero el gobernador de California estaba en la ciudad y su padre quería agasajarlo. Además, ella quería comentarle al gobernador un programa que estaba llevando a cabo en Los Ángeles para hogares con pocos ingresos.

Un programa que cambiaría muchas cosas y que le exigiría una dedicación de muchos meses. Un encargo bien recibido que le mantendría la cabeza ocupada y le protegería el corazón.

Una llamada en la puerta le sacó de sus pensamientos.

–Un segundo, Cale –contestó mientras se ponía un pendiente y se dirigía hacia la puerta.

Sin embargo, cuando abrió no se encontró a su guardaespaldas vestido de esmoquin.

–Dan...

La palabra, aquella palabra maravillosa le brotó como un suspiro. ¿Estaba alucinando? ¿Habría soñado tantas veces con verlo que la mente estaba jugándole una mala pasada?

Él le hizo una ligera reverencia.

–Buenas noches, Alteza.

La única forma que tenía de comprobar si alucinaba era tocándolo. Alargó la mano con el corazón en la boca y suspiró al sentir la piel de su mejilla.

–Ángel.

La tomó entre los brazos y la besó con tal anhelo que a ella le flaquearon las piernas.

Durante un momento, un momento maravilloso, ella se dejó arrastrar por el hechizo. Volvía a encontrarse en las montañas, en su cama, junto a él, pero una voz en su interior la apremiaba para que volviera a la realidad.

Apoyó las manos en el pecho de Dan y se apartó un poco.

–¿Qué haces aquí?

Dan sonrió.

–He venido a escoltarte para ir al baile.

–No me refiero a qué haces en la puerta sino en Llandaron.

–Tengo un trabajo nuevo.
–¡Dan Mason!
Volvió a abrazarla.
–Así es, Ángel.
Se fundió con él y notó los latidos de su corazón.
La besó delicadamente en la frente, donde apenas quedaba rastro del moretón del pasado.
–Yo también te mentí. Estoy cansado de huir. Estoy cansado de vivir en el pasado. Quiero un futuro.
Las palabras fueron un bálsamo para el corazón de Cathy y le abrasaron cada músculo, cada hueso del cuerpo y sacaron a la superficie todos los deseos y anhelos que tenía ocultos en su interior.
–Dejé mi trabajo como sheriff, dejé Denver y me negué a vivir sin ti.
¿Sin ella? A Cathy se le aceleró el pulso y lo miró a los ojos.
–¿Qué estás diciendo?
–Soy el nuevo jefe de seguridad del palacio –le acarició la cara y le pasó un pulgar por la boca, que tenía abierta por la sorpresa–. Soy tu guardaespaldas, Ángel. También me gustaría ser tu marido, si tú quieres.
Los ojos se le llenaron de lágrimas. No de pena, soledad o impotencia, sino de felicidad.
–Te quiero mucho.
–Yo también te quiero –le dijo Dan con ternura–. ¿Podrás perdonarme por haberme comportado como un estúpido y un imbécil asustado?
Cathy se rio y lo abrazó con más fuerza.
–Hecho.
Cathy se puso de puntillas, lo besó y suspiró.
–No puedo creerme que estés aquí.
–Pues lo estoy. Además, van a mandarme a Rancon y latas de espaguetis para un año.
Cathy se rio.

–¿Y arrope?

–Naturalmente –la besó suavemente en la boca–. A partir de ahora, mi vida está aquí, contigo. Así que tendrás que casarte conmigo, Ángel.

Las lágrimas que le rebosaban los ojos se desbordaron por las mejillas.

–Sí.

–¿Que te parece esta noche o ahora mismo si tu padre lo autoriza?

Cathy levantó la barbilla.

–Ya nadie decide mi futuro, Dan. Yo hago mis elecciones.

Dan sonrió, se separó de ella y se metió la mano en el bolsillo. Un segundo después había sacado el anillo de amatista más maravilloso que Cathy había visto en toda su vida.

–Es precioso –dijo sin aliento mientras miraba cómo le ponía el anillo en el dedo.

Pensó fugazmente en la anciana y sus predicciones, en todas las cosas que se habían perdido en el viaje y las dos personas que se habían encontrado sinceramente, pero Dan volvió a abrazarla, la besó e hizo que se olvidara de todo.

–¿Vamos a decírselo a tu familia? –le susurró él cuando se separaron para tomar aire.

Cathy, con una sonrisa encantadora, lo arrastró dentro de la habitación y cerró la puerta.

–Creo que todavía no estoy preparada para compartirte.

–¿No?

–No –dijo entre risas.

Él sonrió como un diablo.

–¿Te había dicho que quiero montones de hijos?

–Todos con tu barbilla.

–Tus ojos.

–Tu boca.

–Tu pelo.

Cathy se dio la vuelta con una sonrisa y le dio la espalda.

–¿Empezamos ahora?

–¿Es una orden, Alteza?

–Solo una oferta, mi amor.

–Es una oferta que no puedo rechazar.

Dan le bajó la cremallera con un gruñido y fue besándole la espalda a medida que quedaba desnuda. Cuando los dos quedaron desnudos y abrazados en la cama de Cathy, ella se sintió en paz por primera vez en su vida. En paz, enamorada, ardiente y mirando hacia un futuro que había elegido ella con el hombre de sus sueños a su lado.

A lo mejor estaban empezando a crear ese futuro en ese preciso instante, se dijo mientras Dan entraba en ella con suavidad.